新典社選書 27

江戸の恋の万華鏡

——『好色五人女』

竹野 静雄 著

新 典 社

目次

第二章　お夏・清十郎——姿姫路清十郎物語

第三章　おまん・源五兵衛——恋の山源五兵衛物語

まえがき

『好色五人女』（以下『五人女』と略称）は、貞享《じょうきょう》三（一六八六）年に出版された五巻・五冊の浮世草子（町人文学）で、著名な五組の男女の恋愛・密通事件に取材したモデル小説です。各巻の副題は、巻一（お夏・清十郎）が「姿姫路清十郎物語」、巻二（おせん・長左衛門）が「情けを入れし樽屋物語」、巻三（おさん・茂右衛門）が「中段に見る暦屋物語」、巻四（お七・吉三郎）が「恋草からげし八百屋物語」、巻五（おまん・源五兵衛）が「恋の山源五兵衛物語」というように、すべて「物語」に統一されています。

物語は他面、死者に捧げる書でもあります。作者はどのように死者を甦らせたか、またどのような恋物語に仕立てたかを知るには、モデルたちの事実（いわゆる実説）がとうぜん問題となる。そこで、事実と物語の距離はいちおう測りますが、肝心なのは客観的な記録ではなく、そこに描かれた人間、その恋の有りようです。

『五人女』に展開する恋の絵模様は、とても多彩です。少年・少女の恋もあれば、青年と少女、十代の人妻と二十代の使用人、さらには五十男と二十代の人妻など、年齢的にも大層変化に富んでいます。身分・階級においても、町人同士から武士と町娘、大町人の奥様と使用人、主家の令嬢と奉公人、さらに出家と町娘に及ぶなど、至って多様です。実る恋もあれば、片思いもあります。そのうえ男と男の恋（男色）もあり、それがかなり重要な位置を占めています。「恋の万華鏡」たるゆえんです。

では、万華鏡に映るのは、どんな絵模様なのか。物語を追って一齣《こま》一齣見るのが本書の一つのねらいです。そのさい、焦点はおのずと恋人たちの心情と行動になります。第一に、どんな相手を好きになるのか、そして、それはどうしてなのかということ。第二に、恋するときの心の動きや求愛行動はどういうものか、第三に、恋人たちは互いにどんなやりとりをするのか、第四に、恋はどのように進展し深まるのか、そして第五は恋のかたち、ことに恋人同士の仲らいはどうか、といったことがその中心となるでしょう。

作家の中山あい子は、「世の中、どう進もうと、男と女の愛と性に変りはないのであろう」という。けれども、「愛」や「性」の社会的な事実や意識・内容は、時代とともに大きく変化します。

江戸時代、男女の情愛に関する物事は、およそ「恋」「色」「情《なさけ》」と表現されました。「恋」はもとより『万葉集』以来の言葉です。「色」は平安時代の『伊勢物語』に、また、「情」は鎌倉時代の『徒然草』にすでに出ています。「恋」「色」「情」はそういう古典の延長上にある概念ですが、明治の「文明開化」を境に大きく様変わりします。伝統的な「色恋」に替えて、「愛」や「恋愛」という輸入品（翻訳語）で語られるようになったのです。ちなみに「恋愛」という語は、「恋」と「愛」を連結した語とも、『花柳春話《かりゅうしゅんわ》』（明治一一〈一八七八〉）などに用いられた「愛恋」をさかさまにしたものともいわれています。

近代以前の「愛」はといえば、これまた『万葉集』以来の用語ですが、それはおよそ親子・兄弟などが互いにかわいがり、いつくしみあう心、あるいは「あいきょう」や「あいそ」、また品物などにほれ込んで大切に思うこと、といった意味合いで用いられていました。これに対し、近代の「愛」は love の訳語として、北村透谷らによって定着された言葉です。それは、「愛」（精神）と「性」（肉体）を分けて考えるキリスト教の思想によって、望ましい精神的な「愛」を正当化するために、「性」を周辺に排除したものでした。透谷ら新しい恋愛を推《お》し進めようとする人びとは、肉体的な関係を排除し、精神的な関係こそが進歩的で文明的な「愛」であると力説したのです。

愛と性を分割してしまったことが西欧近代の失態の一つであると、ミラン・クンデラはいいますが、その点、「恋」「色」「情」は愛と性を分離しません。「色恋」か「恋愛」かを区別するポイントは、「精神的愛」があるかどうかということですが、そもそも「色恋」は精神的な関係を内に含んだ、いわば愛・性一致の概念なのです。また、「恋愛」という概念は男と女の間にしか成り立ちませんが、「色恋」は男と男の関係も含みます。「男色」がまさにそれです。

精神的で平等な男女関係、というのが西欧からもたらされた恋愛観ですが、この見方によって、近代以前の「色恋」は手きびしく批判されてきました。ある人は、近代以前の日本には情痴小説はあったが、恋愛小説は存在しなかったといいます。またある人は、近世的な色恋においては、男女の対等など誰も主張しなかったといい、さらにまた、近世の文化には、どこにも男と女の対等な関係性は読めないという人さえいます（それだけに、江戸の「色事」の世界にも、ただ欲望の充足だけでなく、精神愛の感覚が込められているとする佐伯順子の最近の見解は画期的です）。

それなら、「みずから男性を愛する恋愛主体としての女性の出現」はいつからかといえば、平塚らいてうらの「青鞜《せいとう》」派からだというのです。

たしかに、封建的な主従関係や階級関係があると、相愛感情の生まれにくいのはよく分かります。けれども『五人女』には、ほぼ対等で主体的な相愛関係が多々見られる。それどころか『五人女』じたい、「みずから男性を愛する恋愛主体としての女性」物語の感さえあるのです。これこそ、現実にはたぶんありえないことをあえて描いた、可能態の物語としての新しい形成といってよいでしょう。そこでいま、『伊勢』『源氏』以来の恋の文学史のなかにこれを置いてみると、特異な光彩はいよいよ際立つことになります。

では、江戸時代の恋は、社会的にどういう意味をもっていたのでしょうか。身分・階級制度のきびしい封建社会において、恋はもともと反社会的な行為であり、結婚や日常生活の秩序とは相容《あいい》れない現象でした。たとえ同じ階級であっても、身分違いの恋や結婚は容易に認められません。また、親や主人の認めない男女関係は、道義にはずれたものとして、「不義密通」の烙印《らくいん》を押される。正式な結婚をしていない男女間のすべての性関係は、したがって「密通」となります。とりわけ武家や大店《おおだな》では、「不義は御家《おいえ》の御法度《ごはっと》」として、家訓によって「密通」をきびしく禁じたのです。

『五人女』は、結婚という社会的規準をはみ出し、すべて禁忌《タブー》を侵《おか》した男女を描く、いわば密通小説です。個人の男と個人の女が時代・社会の禁断の境界線を飛び越えたとき、いったい何が起きるか。それがくり返し描かれます。そして、対等で主体的な相愛関係も、大概そこに芽生えていることが、おそらく見えてくるでしょう。

第一章　お七・吉三郎

――恋草からげし八百屋物語

魂のひらめき

八百屋お七が火をつけた
お小姓吉三に火をつけた
われとわが家に火をつけた

あれは大事な気持です
忘れてならない気持です

（堀口大学「お七の火」）

「忘れてならない」「大事な気持」とは、いったい何でしょうか。それは「純真な魂のひらめき」だといい、思いきりそれを讃《たた》えたのが多田道太郎です。

お七の恋は、余りに涙ぐましい記録に終つてゐる。そしてお七の讃美すべき肉体は、今や鈴ヶ森の灰となつて、その艶《なまめ》かしい姿は、ただ吾等の想像の中に甦るのみである。が、その純真なる涙多き恋は過去現在に生き、而《し》かも未来の人々の胸にも永遠に生きて行く。

よほど気に入ったのでしょう。さらに力こぶを入れて、純愛物語などの最近の小説よりよほどレベルが高い、文化が成熟している感を覚える、とまでいいます。この物語が『五人女』の中でもとびきりの傑作だという、ある学者の評価にいよいよ勇んで、そう断言したのです。

他方、お七を「女であることの先駆者」としたのが佐野美津男です。なぜか。男恋しさの一心での放火に、女ごころの一途さと執念を看《み》て取り、お七は「恋に生き恋に死ぬなどという最も人間らしい行為」のなかに自己を見いだしたからだ、というのです。

どうやら、お七の恋といえば、ただちに放火と火焙《あぶ》りにイメージが収束していくようです。

（『変身放火論』）

八百屋お七の伝承

天和三（一六八三）年三月二十九日（一説では二十八日）、八百屋お七、鈴ヶ森にて火刑。以来三百二十余年、その伝承は小説や歌舞伎・舞踊・浄瑠璃・歌祭文《うたざいもん》・謡曲・浪曲・歌謡曲・実録・講談・落語・小咄・俳諧・川柳・浮世絵・漫画など都市文芸だけでなく、各地の郷土芸能にも取り込まれ、さまざまに姿を変えて今に伝わります。

数え年十六、七歳の少女が火焙りになるというショッキングな事件は、間もなく『五人女』に取りあげられ、次いでこれを歌がたりにした「歌祭文」が出るに及んで、にわかに広がります。やがて宝永三（一七〇六）年には京都の都万太夫座《みやこまんだゆうざ》と大坂の嵐三右衛門座が歌舞伎『お七歌祭文』を、また名古屋の大須観音境内《けいだい》で歌舞伎『八百屋お七』を相次《あいつ》いで上演、いよいよ民衆に知れわたります。そして歌祭文や西鶴「八百屋物語」、歌舞伎『お七歌祭文』などを吸収して、新たに浄瑠璃に仕立てたのが紀海音《きのかいおん》の『八百屋お七』で、さらにこれを受け継いで、お家騒動や敵討《かたきう》ちの筋を仕組んだのが浄瑠璃『潤色《じゅんしょく》江戸紫』です。また、今でもしばしば上演される『伊達娘恋緋鹿子《だてむすめこいのひがのこ》』（「櫓《やぐら》のお七」）は、その『潤色江戸紫』を改作したものです。そのうえ、好評の『伊達娘恋緋鹿子』の筋をもとに多くの歌舞伎がつくられ、さらにその浄瑠璃・歌舞伎をもとに、おびただしい数の草双紙《くさぞうし》（大衆向けの絵入り読み物）が書かれます。こうして形を変え趣向を変えて、江戸時代の百八十年間に小説三十三部、歌舞伎六十番、浄瑠璃二十曲、すなわち小説・芝居だけで計百十余のお七物が次つぎと世に出て、事件の影響がいかに大きかったか、おのずとあかしだてています。これらに前記のさまざまなジャンルのお七物を加えると、折口信夫《おりくちしのぶ》がやや大げさに、「お七は江戸人にとって何にも替え難い誇りであった」といいたくなるのも、あながち無理からぬことのように思えてきます。

では、江戸人だけかというと、けっしてそうではなく、たとえば演歌「夜桜お七」（林あまり作詞）のように、今なお進行形の物語として生きつづけている。明治以降のお七物に目をやると、小説・戯曲・舞踊・舞踊劇《オペラ》・タップダンス・ひとり芝居・浪曲・歌謡曲・唄語り・漫画などが計二十二点、しかも次第ましに多様化しているのです。さらに地方に目をやると、これまで確認できただけでも、青森県深浦町から長崎県対馬市まで、歌謡・地芝居・舞踊・祭《まつり》囃子《ばやし》・史跡のたぐいが八十点ほど伝えられています。歌謡はとりわけ多彩で、盆踊り歌をはじめとして、労作歌《ろうさくうた》・祝い歌・覗《のぞ》きからくり節・飴売り歌・瞽女歌《ごぜうた》・童謡・願人節《がんにんぶし》・はやり歌など五十九点を数え、実に津々浦々に広まっています。このように見てくると、お七は単に江戸人だけでなく、現代日本人にとっても一種替えがたい偶像だったといえるでしょう。

ちなみにいま、明治以降の主な小説・戯曲だけでも見ておきましょう。

坪内逍遥（戯曲）「お七吉三」『新日本』明治四十四（一九一一）年五月
長田秀雄（戯曲）「お七吉三」『新小説』大正二（一九一三）年八月
真山青果「八百屋お七」『婦人公論』昭和四（一九二九）年一・二・四月
同（戯曲）「八百屋お七」『富士』昭和八（一九三三）年九～十月

舟橋聖一「お七と吉三」『小説世界』昭和二十四（一九四九）年一～二月
野村胡堂『お七狂恋』桃源社　昭和二十九（一九五四）年
藤原審爾「八百屋お七」『小説新潮』昭和三十二（一九五七）年四～五月
舟橋聖一『お七花体』講談社　昭和三十九（一九六四）年
藤本義一「お七情炎」『小説宝石』昭和四十九（一九七四）年三月、のち『西鶴くずし　好色六人女』（立風書房　昭和五十三〈一九七八〉年）所収
安西篤子「八百屋お七」『With』昭和五十八（一九八三）年十二月
山崎洋子「振袖ナナ」『小説すばる』平成七（一九九五）年二月

それでは、なぜこれほど愛好されたのでしょうか。最大の理由は、何といってもその大衆性です。きわめて知名度の高い事件だったからです。同時に、その劇的に短い生涯が人びとの心の琴線に触れるからに違いありません。さきの「純真なる魂のひらめき」は、まさにその一つです。つまり、お七の愛と死への愛惜と同情、共感、賛美、鎮魂、そしてそれらの綯《な》いまざったお七びいきこそ、あまたの伝承に見え隠れする志向の不滅の系列です。

しかし、「お七」を長続きさせたもう一つの大きな要因は、何よりそれが悲しい物語だった

からです。「長続きしたものを見ると、みんな悲しいものなんだよね。悲しいものはなぜか長続きする」。そういったのは水上勉ですが、世界中の民俗芸能を研究した文化人類学者の青木保も、民衆芸術の底にあるのは「悲哀」だといっております。たしかにそこには民衆の哀しさ苦しさの反映があり、それゆえのお七びいきでもあるのですが、反面、お七物では滑稽や笑いの要素も見のがせません。悲愁と滑稽、泣きと笑いはいわゆる民衆芸能の二性格ですが、「聴く人を泣かせる算段ばかりして居た」（柳田国男）瞽女歌《ごぜうた》と、おどけた軽口で笑わせるチョンガレ節（阿保陀羅経《あほだらきょう》などに節をつけて口早にうたう一種の俗謡）は、その両極にほかなりません。いま肝心なことは、西鶴の「八百屋物語」もこの二性格を内包しているということです。したがって、それはお七物の長い系列の礎石を据えたことをも意味します。

八百屋お七事件

お七の名がこれほど知られているわりには、肝心の事件には薄もやがかかっていて、その真相はどうもはっきりしません。言い伝えはそれこそ無数にあって、たとえば八百屋の所在地はどこだったのか、父親の名は何といったのか、焼け出されて避難したのはどこの何寺なのか、寺小姓《てらこしょう》（恋人）の名前はどうなのか、放火や処刑はいつのことか、そのとき何歳だったのか、といったことについては本当にまちまちで、確かな事実は容易につかめません。

まず八百屋の所在地については、『五人女』は「本郷の辺《ほとり》」、『天和笑委集《てんなしょういしゅう》』が「本郷森川宿」、『近世江都《えど》著聞集《ちょもんじゅう》』が「駒込追分願行寺門前町」、『墨水消夏録《ぼくすいしょうかろく》』『武江《ぶこう》年表』『我衣《わがころも》』が「丸山本妙寺門前」、これほどばらつきがあるのです。

父親の名前についても、『五人女』が「八兵衛」、『天和笑委集』『海録』が「市左衛門」、『近世江都著聞集』『我衣』『墨水消夏録』が「太郎兵衛」、「八百屋お七歌祭文」や『武江年表』などが「久兵衛」、『八百屋お七墳墓記《ふんぼのき》』が「中村喜兵衛」、といったように実に多様です。

避難先の寺と恋人の名前については、『五人女』が「吉祥寺」の「小野川吉三郎」、『天和笑委集』が「正仙院《しょうせんいん》」の「生田庄之介」、『近世江都著聞集』や『我衣』『墨水消夏録』が「円乗寺」の「山田左（佐）兵衛」としています。もう一つ、その寺を「円林寺」としたのが三田《みた》村鳶魚《むらえんぎょ》の「八百屋お七」（『歌舞伎百話』所収）です。

また、放火の時期については、『御当代記』が大まかに天和三年三月とするのに対し、『天和笑委集』は同年三月二日に特定しています。

さらにまた、処刑の日時については、『五人女』は「卯月《うづき》のはじめつかた」「入相《いりあい》の鐘つく比《ころ》」とあいまいにしていますが、『天和笑委集』は天和三年三月二十八日、また『墨水消夏録』『八百屋お七墳墓記』などは同二十九日とはっきり記している。ちなみに稲垣史生編『江戸編年事典』は、後者を確実視しています。
そのときお七は何歳だったのか。『天和笑委集』と『近世江都著聞集』『卯花園漫録《ぼうかえんまんろく》』『武江年表』などが十六歳、『五人女』が十七歳、また三田村鳶魚の『芝居と史実』は十八歳として、これまたなかなか定まりません。

八百屋お七の「実説」

そういうなかで、従来「実説」と称され、歴史家も多く取り用いているのが『天和笑委集』と『近世江都著聞集』です。前者は天和二（一六八二）年から三年にかけての江戸の火災の様子を記したもの、後者は事件から七十余年後の宝暦七（一七五七）年、講釈師・馬場文耕の筆になるものです。さしむきそのあらすじを見ておきましょう。

天和笑委集（巻十一～十三）

本郷森川宿の八百屋市左衛門は、もと駿河国富士郡の農民であったが、男子二人（吉左衛門・次郎）に女子一人（お七）をもうけ、今ではゆたかに暮らしている。末子のお七は今年十六歳、大層美しく、智恵かしこく、心のなさけ深く、評判の孝行娘であった。

天和二年十二月二十八日、本郷森川の大円寺から発した大火で家が焼けたので、一家は檀那《だんな》寺《でら》の正仙院に避難する。その寺に住職の寵愛する生田庄之介という十七歳の美少年がいて、お七を恋し、お七の下女・ゆきを仲立ちとして恋文を送る。お七もこれに応《こた》えて、二人は恋仲となり、翌天和三年正月十日の夜、ついに深い契《ちぎ》りを結ぶ。やがて正月二十五日、一家は新築成った森川宿の自宅に移るが、お七は庄之介が忘れられない。また火事があれば庄之介に逢えると思い込み、三月二日の夜半に近所の商家に放火、駆けつけた人びとにたちまち捕らえられ、奉行所で取り調べを受ける。

お七の罪科がきまって、他の五人の囚人らとともに、三月十八日から江戸市中を引き回され、晒《さら》されたうえ、同二十八日、鈴ヶ森で火刑に処せられる。ときにお七は十六歳であった。

その後、八百屋一家は江戸の店をたたんで甲州に引っ越し、田園を買い求めて農民となり、ゆたかに暮らして、お七の後世《ごせ》を弔《とむら》った。

生田庄之介は、お七が捕らえられたとき、奉行所に訴え出ようとして果たせず、それにお七との仲が世に知れて悪評が高まったので、四月十三日、寺を忍び出て、高野山に上って僧となり、道心堅固に行ないすましているという。

近世江都著聞集（巻一〜二）

お七の父は、もと山瀬三郎兵衛といい、加賀・前田家の足軽であったが、寛文年中（一六六一〜七三）に武士をやめて町人となり、駒込追分・願行寺門前町に八百屋を開き、八百屋太郎兵衛と名を改め、安らかに暮らしていた。夫婦には子がなかったので、七面大明神に祈って、寛文八（一六六八）年一女を得、七面大明神の申し子だからと、お七と名づけた。

お七が十四歳の天和元（一六八一）年二月、丸山・本妙寺から出火、八百屋も類焼したので、太郎兵衛の弟が住職をつとめる小石川・円乗寺に行って、翌年まで仮住居をする。ときに二千五百石の旗本・山田十太夫の次男・左兵衛という美少年が、継母に憎まれて、檀那寺のこの寺にしばらく預けられていた。お七と左兵衛は人目を忍んで、いつしか契りを結ぶ。

翌天和二年秋には焼け跡に新居が完成し、もとの町に戻るが、お七は左兵衛を忘れかね、明け暮れ胸を焦がすばかりであった。そのころ吉祥寺の門番の息子に吉三郎という無頼漢がいて、親に勘当され、ときどき八百屋の店に来たりしていたが、あるときお七をそそのかして、また家を焼けば円乗寺に行って左兵衛に逢えるからと、よくよく放火の仕方を教える。お七は、ふとその気になって火を放つ。そのどさくさに紛れて、吉三郎が八百屋から金品を盗み出したところを盗賊改役《あらためやく》・中山勘解由《かげゆ》の手の者に捕り押さえられる。
拷問の結果、吉三郎は、火を付けたのはお七だと申し立てる。そこでお七も召し捕られ、取り調べを受けると、たちまちありのままを白状して入牢。お七が十五歳以下であれば助命されるところであったが、吉三郎が、お七の谷中・感応寺に奉納した額の年齢を確かな証拠として、十六歳であることを認めさせたため、天和二年二月、二人はともに火焙りになったという。

『天和笑委集』は、すでに江戸時代に柳亭種彦《りゅうていたねひこ》や山崎美成《やまざきよししげ》によって、当時の人が眼前に見た様子を筆記したものだから証拠になるとされ、現代においても真山青果《まやませいか》・暉峻康隆《てるおかやすたか》・東明《ひがしあき》雅《まさ》ら多くの人びとが、より事実に近いとしているものです。一方、『近世江都著聞集』は高群《たかむれ》逸枝《いつえ》・滝川政二郎・石井良助・藤沢衛彦《もりひこ》・竹内誠らの、むしろ歴史・民俗系の人びとが多くよりどころとしています。

しかし、両書が必ずしも信用できないことは、すでに多々指摘のあるところです。『天和笑委集』は、お七をあでやかな天女のイメージにかたどり、当代最高の才媛として憧れの的にするなど、いかにも物語風に誇張されています。そればかりか、たとえば避難先の寺を、実在のきわめて疑わしい「正仙院」とするなど、人名・地名も含めて事実を正しく伝えているとはいえません。『近世江都著聞集』は、その点でますます信用が置けません。本妙寺を火元とする、明暦三（一六五七）年のいわゆる振袖火事と混同したり、四十年前に他界している土井大炊頭《どいおおいのかみ》利勝《としかつ》や、まだ任命されていない中山勘解由《かげゆ》を登場させている点だけ見ても、その性格がほぼ分かります。

いずれにしろ、八百屋お七の「真相」は容易に分からないのです。けれども、それらを通じて、どうやら確からしいといえるのは、およそ次のようなことです。延宝・天和（一六七三～八三）のころ、本郷か駒込辺にお七の八百屋店があった。一家は天和二年十二月二十八日の大円寺の火事で類焼にあい、檀那寺《だんなでら》に避難し、翌年まで身を寄せていた。お七はその寺にいた寺小姓と恋仲になり、ひそかに契るが、わが家に戻ると逢えなくなる。逢いたいばかりに放火して捕らえられ、三月下旬に火刑に処せられた。同情した民衆は事件を歌謡に作り、津々浦々に広めた。

『五人女』の物語も、ほぼこの筋に沿っています。

「恋草からげし八百屋物語」のあらすじ

正月準備でせわしない年の瀬の二十八日夜半、江戸は火事にみまわれ、人びとはそれぞれ伝《つて》を頼って避難した。ときに本郷の八百屋八兵衛の娘お七は十六歳、母に付き添い檀那寺の吉祥寺に立ちのいた。

ある日、その寺にいる上品な若衆が、銀の毛抜きを片手に、左の人さし指に刺さったかすかなトゲを抜きなやんでいた。見かねた母親が抜いてあげようとしたが、老眼では叶《かな》わず、代わりにお七にいいつける。喜んで抜いてあげると、若衆が思わずお七の手を握りしめてきたので、ずっと一緒にいたかったが、母親に見られるのが嫌で、仕方なくその場を離れる。が、わざと毛抜きを持ち帰り、またそれを返しに行くといって若衆のあとを追いかけ、ぎゅっと手を握り返す。たちまち二人は恋仲となった。

若衆は小野川吉三郎といい、由緒正しい武家の出であることが分かった。けれども寺住みの身、忍び逢う機会もないまま、むなしく浮き名が立ち、ついに松の内も終わってしまった（第一章「大節季《おおぜっき》はおもひの闇」）。

吉祥寺。正月十五日の夜半ごろ、柳原のあたりから葬式の依頼が来たので、住職は大勢の僧侶を率《ひき》いて出て行き、あとは庫裡姥《くりうば》（台所働きの老婆）と小坊主だけとなる。

折りから激しい雷鳴がとどろき、母親は夜着の下にお七を引き寄せていたわる。が、お七は

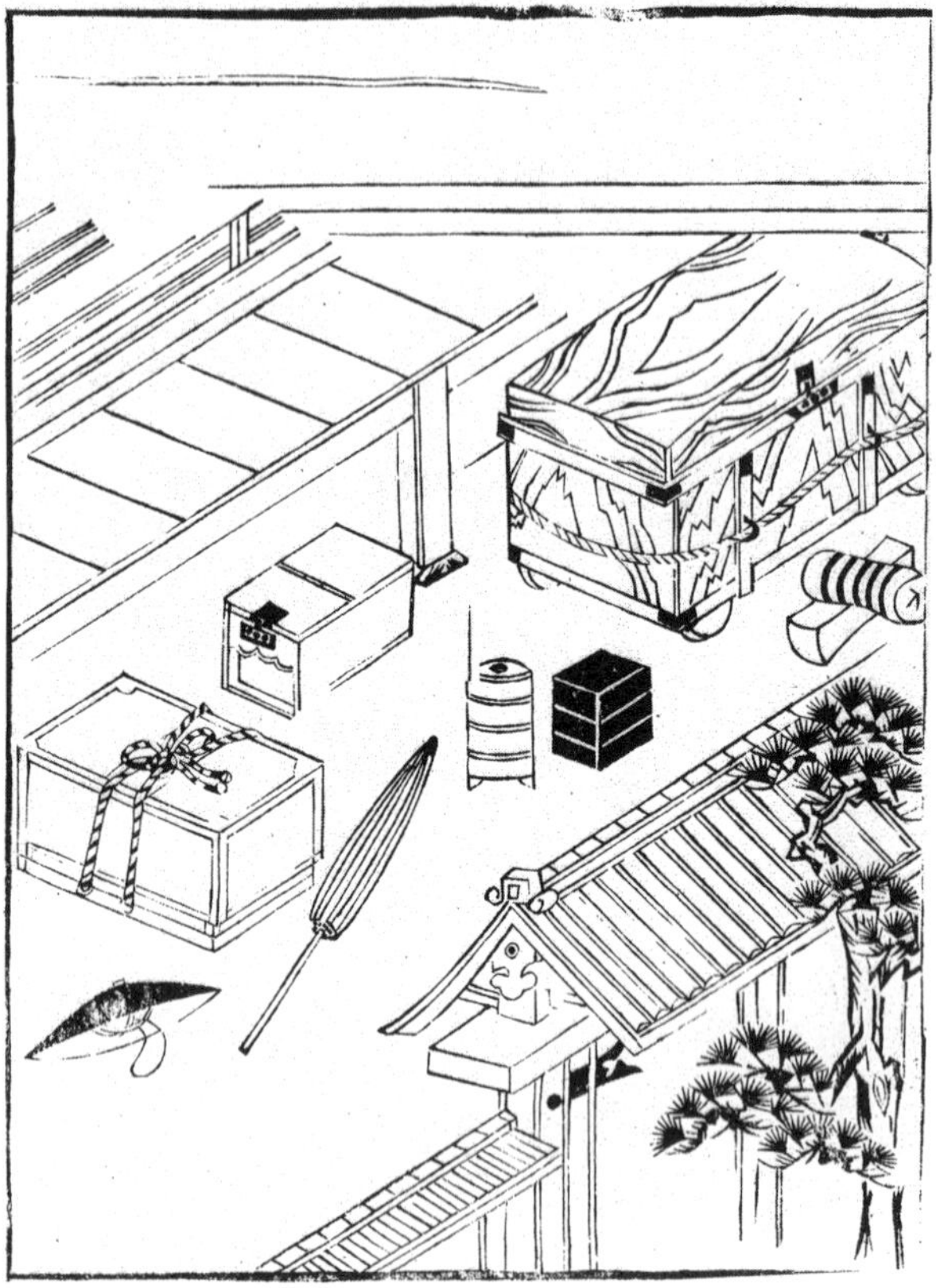

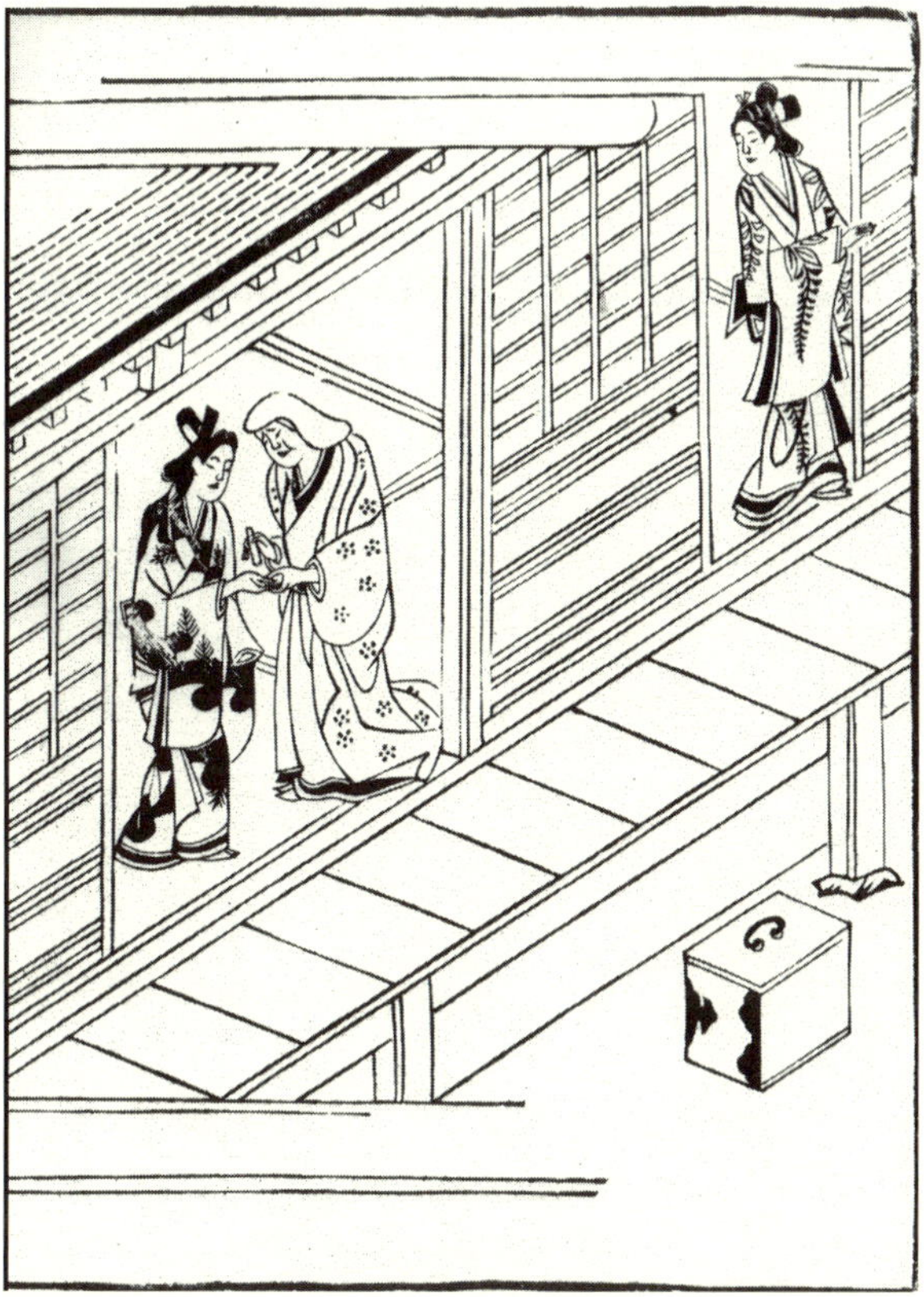

火事避難後の吉祥寺の場景。右面は、境内に運び込まれた家財道具類。左面は、吉三郎の指のトゲを抜きあぐねているお七の母と、それを見ているお七。（第一章の挿絵）

お七忍びの段の場景。右面は、寝間から廊下へ出たお七。左面は、寝ている吉三郎の傍らで常香盤を仕かけている小坊主。(第二章の挿絵)

今こそ密会のチャンスと、人びとが寝静まるのを待って客間を忍び出る。

吉三郎の寝間を探す途中、下女の梅と庫裡姥は、意外にもあと押ししてくれたが、小坊主の邪魔だてに遭う。お七はやむなく、小坊主の欲しがる銭八十文とカルタと米饅頭《よねまんじゅう》をやる約束をして、どうにかこうにか寝かしつける。

ようやくお七は吉三郎の寝姿に寄り添い、もたれかかる。目をさました吉三郎は身をふるわせて、「住職さまがこわい」という。もどかしい恋のはじめ、互いに涙をこぼしたりして、いっこうにかたがつかない。ちょうどそのとき、雨上がりの雷が激しく鳴りわたる。「こわい」と吉三郎にしがみつくや、いつとなく二人は夢中で愛し合う。契りを交わしたうえは、互いに命の終わるまで心変わりはしないと、涙ながらに誓いあった。

間もなく明け方になり、探しに来た母親に見つかって、お七は連れ戻される。吉三郎はあきれはて、悲しみに沈む（第二章「虫出しの神鳴《かみなり》もふんどしかきたる君さま」）。

新築成った自宅に戻ってからも、母親のきびしい監視はつづくが、下女のなさけで二人は辛うじて恋文を通わせていた。

雪ふりしきる春の夕ぐれ、板橋近くの村の少年が松露《しょうろ》（きのこ）と土筆《つくし》を売りに来たのを、お七の家で買い取ってやる。この雪では村まで帰れないと少年が嘆くので、八兵衛はかわいそうに思い、土間の片隅に泊めてやった。

ちょうど寝る時刻になって、八兵衛の姪が出産したとの知らせが来て、両親は急いで出かける。お七はあの少年のことが気がかりで、ともし火をかかげて寝顔をよく見ると、何と変装した吉三郎であった。

こごえて衰弱した吉三郎を寝間に入れて介抱すると、少し笑顔が出るようになる。今夜こそ思いのたけを語り明かそうと喜んだのも束《つか》の間、八兵衛が帰ってきたので、またつらい目にあうことになった。

吉三郎を衣桁《いこう》（衣類掛け）の陰に隠し、何とか父親を寝かしつけたものの、襖障子《ふすましょうじ》の間仕切りでは声のもれるのがこわくて、互いに筆談で漸《ようよ》う語り明かす。吉三郎は明け方に帰って行った（第三章「雪の夜の情宿《なさけやど》」）。

恋人に逢うたよりもないままに、お七は、いつかのようにまた火事が起こればとの出来ごころから、ついに放火に及ぶ。すぐに消しとめられ、尋問されると、ありのままに白状したので、江戸市中を引き回しのうえ、鈴ヶ森で火刑に処せられた。

吉三郎忍びの段の場景。右面は、八百屋の店先、蓑笠姿で手籠を持つ吉三郎。左面は、土間に寝ている吉三郎に気づいたお七。（第三章の挿絵）

お七物思いの場景。庭前には、梅・松・桜に遣水《やりみず》が見える。
(第四章の挿絵)

吉祥寺基地の場景。右面は、お七の四十九日に墓参りする親類一行。左面は、お七の墓前で切腹しようとする吉三郎と、止める僧侶たち。（第五章の挿絵）

お七は、かねて十分覚悟したことであり、取り乱した様子もなく、辞世の歌を詠《よ》む。十七歳の美しい最期であった。人びとはひときわ哀れに思って、そのうしろ姿を見送り、旅人でさえも話を聞き伝えて、その跡を弔った。

吉三郎はお七を思いつめて病気になり、前後不覚の有様だったので、僧たちはその死を隠し、うまくいいつくろっては慰めていた。やがて四十九日になったので、お七の親類はお寺に参り、「せめてはお七の恋人をお見せください」と嘆願した。だが、寺では道理を尽くして吉三郎の様子を話したので、全快の日を待つことにして諦め、あらためて卒塔婆《そとば》を立てて弔った（第四章「世に見をさめの桜」）。

お七の百か日に当たる日、吉三郎は初めて起き上がり、竹杖をたよりに寺の境内《けいだい》を歩いてみた。ときに新しい卒塔婆にお七の名を見つけ、その死を悟る。気おくれして死ねなかったように思われるのも無念だと、腰の刀で自害しようとするのを、僧侶たちが押しとどめる。そして、「そなたは、いま松前にいる衆道の兄分の特別な依頼で寺に預けられた身ゆえ、兄分に暇乞《いとま》いし、長老（住職）様にもわけを話したうえで思いを遂げよ」と諫められて、吉三郎はようやく思いとどまる。けれどもなお、「若衆の道を立てている身でありながら、こんなことを仕出かして、兄分に面目が立たない。どうかお情けに刀を貸してください」と涙ながらに語るので、人々も涙にくれて深くあわれんだ。

このことをお七の親たちが聞きつけ、「出家して私の跡を弔ってほしい」とのお七の遺言を吉三郎に伝えるが、なかなか聞き入れない。だが、お七の母親が何ごとかささやくと、うなずいてその言葉に従った。

その後、兄分の人が帰ってきて意見したので、吉三郎はついに出家することになった。この美しい前髪を散らす哀れさ、お七の最期《さいご》よりいっそう哀れであった。兄分も古里松前に帰って出家し、墨染めの衣《ころも》をまとう身になったという（第五章「様子あっての俄《にわか》坊主」）。

お七・吉三郎 —— 初恋のいろどり

町娘と武家若衆、そして少年・少女の初恋の色模様はとても鮮やかです。

お七は数え年十六、花にたとえるなら上野の桜の花ざかり、月にたとえると隅田川に映る清《さや》かな月光《つきかげ》、これに思いを寄せない男は一人もいない、というほどの絶世の美少女。かたや吉三郎は、整った横顔もしっとりとやさしく、情け深い上品な美少年。二人は、物語の約束どおり、とびきり魅力的な美男・美女として登場します。

二人の恋が劇的に立ち現れるのはそのなれそめ、つまり恋に踏みこむその瞬間です。夕暮れの光の中で上品な若衆が、銀の毛抜きを片手に持って、指のトゲを抜き悩んでいます。見かねたお七の母親が助っ人《と》に立つのですが、老眼のかなしさで一向に埒《らち》が明きません。折りから、「お七、これを抜いてさしあげなさい」といわれて嬉しさ一入《ひとしお》。

かの御手を取りて、難儀《なんぎ》を助け申しけるに、この若衆我《わかしゅわれ》を忘れて、自らが（お七の）手をいたく（きつく）しめさせ給ふを、離れがたかれども、母の見給ふをうたてく（いやで）、是非もなく（しかたなく）立ち別れさまに、覚えて（わざと）毛抜きを取りて帰り、又返しにと跡をしたひ、その手を握り返せば、これより互《たがい》の思ひとはなりける。

たちまち相思相愛の仲となります。お七にとって若衆が、若衆にとってお七が、今や特別な意味をもつようになり、全世界が変わって、それぞれ世界の新しい中心になったのです。若衆への思いがお七の心に深く浸入しはじめます。いきおいお七はこの人を愛そうと決意し、まっしぐらに突き進む。ジェットコースターのように激しく揺れながら、せり上がる情熱は新しい行動を呼び、いよいよ深く思い合う仲になります。

お七、次第にこがれて、「この若衆、いかなる御方ぞ」と納所坊主《なっしょぼうず》（寺の事務所の役僧）に問ひければ、「あれは小野川吉三郎殿と申して、先祖正しき御浪人衆なるが、さりとはやさしく、情《なさけ》の深き御方」と語るにぞ、なほ思ひ増《まさ》りて、忍び忍びの文書きて、人知れず遣はしけるに、便りの人かはりて、結句《けっく》（結局）、吉三郎方より、思はくかずかずの文送りける。心ざし、互《たがい》に入乱れて、これを諸思ひ《もろおもひ》（相思相愛）とや申すべし。両方ともに返事なしに（返事を書くまでもなく）、いつとなく浅からぬ恋人・恋はれ人、（忍び逢う）時節を待つうちこそう（憂）き世なれ。

二人は、ままならない憂き世のつらさに耐えて、忍び逢いのチャンスをひたすら待ちます。新しい年が明け、めでたい新春にも逢えず、いつしか松の内も過ぎて十五日の夜半、チャンスは突然やってくる。檀家に急な葬式ができて、住職は大勢の法師たちを引き連れ、出て行きました。残るは台所働きの老婆と小坊主だけです。吉三郎殿に逢えるのは今しかない、と思いつめて、わなわなふるえるお七。ふらつく足で寝間をはなれ、どうにか吉三郎の寝間に忍び、ついには思いを遂げます。だが母親に仲を割《さ》かれ、やがて新築成った我が家に戻ると、ふたたびつらい憂き世に沈みます。

思いは一つ、せめてひと目だけでも逢いたいと、今度は吉三郎が村の子に変装して、お七の八百屋に忍んできます。お七は、それに応《こた》えて誓いの盃をとり交わし、積もる思いのあらんかぎりを打ち明けようとする。けれども、隣室の親に声のもれるのが恐ろしく、行灯《あんどん》の火影《ほかげ》に硯と紙を置いて、夜もすがら思いのたけを互いに書いては、見たり見せたりします。この場面、原文には「是をおもへば鴛《おし》のふすまとやいふべし」とある。仲むつまじい床の様子を「鴛鴦《おし》の衾《ふすま》」といいますが、他面、口もきけずに筆談で思いを交わしあうことから、「唖《おし》の衾」に掛けてあります。一般に「鴛鴦《えんおう》の契り」といわれ、また御伽草子《おとぎぞうし》にも男女のむつまじい語らいを、こよない恋の快楽として、「鴛鴦比翼《えんおうひよく》の語らい」と美化していますが、西鶴はそのイメージに「唖の衾」を重ねたのです。親密さの情緒がきわやかに立ちあがります。

厚い世間の壁のなかで、ひたすら恋情を貫いたからこそ、お七は火焙りの刑を前にして、もうたじろがない。

思ひ込みし（覚悟の上の）事なれば、（今さら）身のやつるる事なくて、毎日ありし（家にいた）昔のごとく、黒髪を結はせて、うるはしき風情《ふぜい》最期まで、それを見事に保つことができたというのです。

ロミオとジュリエット効果

人と一緒にいたいという気持ちを、心理学では「親和欲求」といいます。この親和・愛着の欲求を脇から高めているのは何でしょうか。まずは武士と町人という身分差、身分違いという枷《かせ》（束縛）です（ちなみに平岩弓枝もいうように、枷は物語を面白くする根っこなのです）。それこそが二人を取り巻く社会の厚い壁ですが、もう一つ、もっと直接には親の妨害です。周囲からの妨害が強ければ強いほど熱愛度の増すことは、すでによく知られています。障害が大きいほど、恋人たちはくじけるどころか、かえって熱愛のレベルを上げていくわけです。モンタギュー家とキャピュレット家のきびしい反目がロミオとジュリエットの恋の情熱をかえってかきたてたところから、こうした現象は「ロミオとジュリエット効果」と呼ばれています。

お七の母親は、寺に避難した当初から娘を大事にして、坊主だって油断のならない世の中だからと、万事に気くばりを欠かしません。その初め、吉三郎の指のトゲを抜いてやったさい、すかさず彼がお七の手を握りしめてきたので、離れたくなかったのですが、母親の眼を気にして、やむなく別れます。次いでお七が吉三郎の寝間に忍んだ翌朝、なごり惜しくて身もだえしているところへ探しに来た母親が、驚いて娘を引っ立てていったのです。それで、いよいよきびしく見張って、二人の恋を妨害するようになります。

主《あるじ》は、戸棚の錠前《じょうまえ》に心を付くれば、内儀《ないぎ》は、火の用心よくよくいひ付けて、なほ娘に気《き》遣《づか》ひせられ、（店と奥の間の）中戸さしかためられしは（固くとざしてしまわれたので）、恋路綱切れてうたてし（恋の通い路の手がかりが切れて、なげかわしかった）。

吉三郎が村の子に身をやつして忍んできても、隣りの部屋に父親がいては、積もる思いはとうてい語れません。熱愛はますます深まり、自分でもままならない激情に駆られたあげくの放火だったのです。

雷効果

人は強い不安や恐怖、感情的興奮を感じると、気持ちを紛らわそうとしたり、置かれた状況を確かめようとして、親和欲求が高まるとされています。ダットンとアロンらが「釣り橋実験」

によって明らかにしたことです。不安定な釣り橋を渡っている人は、恐怖を感じているために、一種の生理的興奮状態にあります。このとき異性に出会うと、自分の興奮状態はこの人に魅力を感じているために起こっているのだ、と思い込んでしまう。恐怖と興奮からくる思い違いによって、そばにいる異性が魅力的に見えてしまうという仕組みです。

ここで用いられたのは雷です。お七の場合、すでに初対面から一目惚れでしたから、この雷は、いわば決定的瞬間への引き金となるものです。

吉三郎の寝間に忍びこんだお七は、それこそ大胆にもたれかかるのですが、彼が気のり薄では、どうにも事がうまく進みません。こうした逢い引きは、古川柳に、

まじくじと首尾を無《む》にして恋始《こいはじめ》　（『小柴垣』）

（初めての出逢いでもじもじしていて、せっかくの好機も逃がしてしまった）

などと詠《よ》まれていますが、お七は違いました。

後《のち》は二人ながら涙をこぼし、不埒《ふらち》なりしに（ぐずぐずして埒が明かなかったが）、又、雨の上《あが》

り神鳴あらけなく（はげしく）響きしに、「これはほんにこはや」と、吉三郎にしがみ付きけるにぞ、おのづから、わりなき情《なさけ》深く（どうにもこらえきれない愛情が高まり）、「冷えわたりたる手足や」と、肌へ近寄せしに、お七恨みて申し侍《はべ》るは、「そなた様にも憎からねばこそ（私を憎からず思ってくださればこそ）よしなき文給《ふみたま》はりながら（あのような具合いの悪い恋文をくださったのに）、かく身を冷やさせしは誰《た》がさせけるぞ（いったい誰のせいです）」と、首筋に食ひつきける（しがみついた）。いつとなく、わけもなき首尾して（うやむやのうちに契りを結んで）、濡れ初《そ》めしより、袖は互に（互いに濡れた袖を交わしてより）、限りは命と定めける（命の限り愛し合おうと約束した）。

雷の恐怖がいっそう親和的欲求を高め、雷鳴が一種の生理的興奮状態を呼び、熱愛は頂点に達します。今やしがみつくほどの激情に駆られているのです。ちなみに、恋はじめに「雷が怖い！」と抱きつく趣向は、よく知られていたようで、たとえば享保年間（一七一六〜三六）の川柳に、

序開きは雷の時抱つかれ　（『大和のかまど』）

とありますし、落語の『宮戸川』で、おはなが半七の胸もとへ身を投げるのも、大雷のときです。

同調行動

親和欲求や、二人だけの世界をつくろうとする行動は、『五人女』に共通して見られるのですが、お七・吉三郎の求愛表現の特徴としては、さしむき同調行動をあげることができます。

　私たちは互いに惹かれあうと、調子を合わせはじめます。身体の動きの同調は、異性選びの最終段階にあらわれる興味深い要素です。たとえば男性が髪をかきあげると、女性も髪をかきあげる。彼が足を組むと、彼女も足を組む。彼の身体が左にかたむくと、彼女も左にかたむける。ペア・ルックも形を変えた同調行動の一種でしょう。そして、二人は互いの目を見つめながら、一致したリズムで動き出します。

　同調行動は、お七忍びの段にまず見られます。お七が吉三郎の寝姿に寄りそい、何もいわずに、なよなよともたれかかる場面。

吉三郎せつなく、

「わたくしは十六になります」

といへば、お七、

「わたくしも十六になります」

といへば、吉三郎重ねて、

「長老（和尚）様がこはや」

といふ。

「おれも長老様がこはし」

といふ。


お七は去年の暮れの火事避難のとき十六歳でしたから、ここでは十七歳になっているはずです。それを「十六」といったのは、単に作者の思いちがいか、あるいはこの作者特有のずぼらなのか、また相手より一つでも年上とはいいたくないという、女ごころのなせるわざか、それとも見栄なのか。いろいろいわれていますが、ここは恋ごころの表現として、あえて恋人に同調させたものでしょう。つづく「長老様がこはや」と「おれも長老様がこはし」に及んで、その感はいっそう強くなります。

一方、吉三郎が八百屋に忍んできた場面、行灯《あんどん》の火影《ほかげ》で、思いのたけを互いに書いて、見たり見せたりしています。その文面は示されていませんが、さぞかしここでも同調のやりとりがつづいたことでしょう。

養護的態度

もう一つの特徴的な求愛表現として、お七の養護的態度を取りあげましょう。これまた、双方の忍びの段に立ちあらわれます。

まずはお七忍びの段。お七が吉三郎の寝姿にもたれかかると、吉三郎が目をさまし、ぶるぶる身をふるわして、夜着の袖を頭から引っかぶります。ときにお七はそれを引きのけ、「また、若衆髪がくずれるじゃないの」と気をくばって世話をやくのです。

そのしぐさのひときわ目立つのが、吉三郎の忍びの段です。吉三郎は、夜嵐の吹き込む冷えきった八百屋の土間に寝ていて、もはや身動きもできなくなり、しだいに息が切れ、目もくらんできます。折りから気づいたお七が、しがみついて嘆くと、吉三郎は「宵からのつらさを察してください」と、初めからの様子をこまごまと話しだす。そのときお七はどうしたか。

「とかくは、これへ御入りありて、その御恨みも聞きまゐらせん」と、手を引きまゐらすれども、宵よりの身の痛み、是非もなく（どうしようもなく）、あはれなり。やうやう下女と手を組みて（手）車にかき乗せて、常の（いつもの）寝間に入れまゐらせて、手の続く程はさすりて、幾《いく》（いろいろな）薬を与へ、少し笑ひ顔（を見せるようになったので）うれしく、「盃事《さかずきごと》（固めの盃をとり交わし）して、今宵は心にある程を語りつくしなん」

と喜ぶ［……］

こうした養護的態度が、お七の情熱的な親和欲求からきていることは、あらためていうまでもありません。

対等な相愛関係

『五人女』の恋のかたちでひときわ目をひくのが、性的にも感情的にもほとんど対等な男女の関係性（マルティン・ブーバーのいう「主体間関係」）です。「まえがき」で述べたように、近世においては恋愛主体としての女性はおろか、対等な男女関係など、まるでなかったとされていますから、このことの意味は小さくありません。

表現において、それをくり返し明示したのがこの「八百屋物語」で、男女関係の対称性は、実にきわだっています。大きく見て、そもそも第二章と第三章の章立てじたい、両者の親和欲求とその行動において対称的です。逢いたい一心で吉三郎の寝間に忍ぶお七（第二章）と、「私がこんなに姿を変えて来たのも、せめてあなたを一目見たいと願ってのことです」という吉三郎（第三章）とは、その心情と行動においてほとんど釣り合っています。

これを細部で見ますと、まずは出会いのとき、抜き悩んだ人指し指のトゲを抜いてもらった吉三郎が、お七の手をぎゅっと握りしめる。お七はお七で、すぐ跡を追っかけて、吉三郎の手を握り返します。それで、たちまち互いに思い合う仲になったというのです。しだいに恋い焦がれて、お七がひそかに恋文を書いて届けたところ、吉三郎の方からもせっせと恋文をよこすようになりました。恋い慕う気持ちが互いに入り乱れて、いつしか深い「恋人・恋はれ人」となる。そうして契りを結んだうえは、お互い命のかぎり愛し合おう（「袖は互に、限りは命」）と誓います。さらに、吉三郎忍びの段でも、「灯《ともしび》の影に硯紙《すずりがみ》置きて、心の程を互に書きて見せたり見たり」するのです。

お七・吉三郎は、恋愛行動において、どちらが主導的でどちらが従属的ということもなく、ましで支配と服従の関係などみじんもなく、ずっと対等かつ対称的な男女関係にかたどられています。それをはっきり示したのが、「両方ともに」「互に」「諸思《もろおも》ひ」などのひんぱんな反復表現なのです。

「取集めたる恋」――吉三郎の衆道

この物語はお七の死後に及んで、にわかに吉三郎の衆道（同性愛）を浮上させます。自害しようとする吉三郎に取りすがった僧たちが、「どうしても死なねばならぬ命なら、ながく年ねんごろにされた兄分の方に暇乞《いとまご》いをされた上で」と諌《いさ》めていますから、彼はお七に会う大分前から兄分（念者《ねんじゃ》〈おもいびと〉）をもっていたことが分かります。

それにしても、吉三郎が自害にこだわるのはなぜでしょうか。

「さてもさても、わが身ながら（自分でしでかしたことですが）世上の謗《そし》りも（世間の非難を受けるのも）無念なり。いまだ若衆（の道）を立てし身の、よしなき人のうき情《なさけ》にもだしがたくて（ふとした女《ひと》のせつない情けにほだされて）、あまつさへ（そればかりか）その人の難儀、この身の悲しさ、衆道の神も仏も我を見捨て給ひし」と、感涙を流し、「殊更《ことさら》、兄分の人帰られての首尾（成り行きを考えると）、身の立つべきにあらず（面目の立てようがありません）。それより内に、最後急ぎたし。されども、舌食ひ切り、首しめる（くくる）など、世の聞《きこ》えも手ぬるし（世間の評判も生ぬるく潔《いさぎよ》くありません）。情《なさけ》に（刀）一腰貸し給へ。なにながらへて甲斐なし（生きながらえて何の甲斐がありましょう）。

若衆と兄分は、他の男と親しくするな、女の恋人もつくるなと、血判を捺《お》して誓約します。『田夫《でんぷ》物語』にあるとおりです。若衆は、とうぜん兄分一人に愛情を集中する義理がある。まして女性を愛するなど言語道断《ごんごどうだん》。女と関係するのは、そもそも浅ましく見苦しいことだと、『色物語』は力説しています。それなのに、吉三郎はお七の色香に迷って、禁じられた境界線をはるかに越えてしまったのです。そのうえ兄分からの愛は、若衆にとっては大事な「恩」です。恩義に報いるためには忠節を尽くさねばなりません。若衆は「恩」と「義」によって交わるので、いまそれを裏切った以上、兄分への面目が立ちません。武士道の真髄を述べたあの『葉隠《はがくれ》』が、恋の相手は「互に命を捨《す》つる後見《こうけん》なれば」（戦場で互いに命を捨てて助け合うパートナーだから）というように、男色はいわば死に物狂いの恋でもあったのです。それで吉三郎は、命がけの忠誠を示そうとしたわけです。これは、男女関係にはあまり見られぬ特色といってよいでしょう。

お七の母のとりなしで、けっきょく吉三郎は自害を思いとどまり、美しい前髪を剃り落とし、出家したのです。そして、物語の終わりは次のように結ばれます。

惣じて恋の出家、まことあり。吉三郎（の）兄分なる人も、古里松前に帰り、墨染の袖（出家の身）とはなりけるとや。さてもさても、取集めたる恋や、あはれなり、無常なり、夢なり、現《うつつ》なり。

取り集めたる恋——女色・男色とりどりの恋模様というのですから、男色はこの物語の重要な柱であることが分かります。

『心友記《しんゆうき》』によると、衆道は十二歳から十四歳までがまだ熟していない「主童道《しゅどうどう》」、十五歳からの三年間が盛りの「殊道《しゅどう》」、そして十八歳から二十歳までが終期の「終道《しゅどう》」です。吉三郎は、文字どおり「盛りの花」だったのです。

ちなみに、この物語には、もう一つの男色（もどき）がささやかな挿話《エピソード》として描かれています。すなわち吉三郎がお七の家に忍んださい、下男の久七が兄分気どりで口を寄せてきて、接吻しようとします。だが、急に気が変わって、そのままやめてしまうのですが、男色の風習が僧侶や武士にとどまらず、民衆にまで広まっていたことを十分うかがわせるエピソードといえましょう。

それにしても、なぜこれほどに広まったのか、そもそも衆道とは何なのか。その文化史については、男色がいっそう大きな位置を占める「恋の山源五兵衛物語」（第三章）のくだりで、あらためてやや詳しく述べることにします。

第二章　お夏・清十郎

――姿姫路清十郎物語

お夏はいまも息づいている

大昔の封建社会におきた事件で、二十一世紀間近い吾々とは別世界だ、と思う向きはあるにしても、少女が女になることの事実に変りはない。

お夏はいまも息づいている。

彼女たちはセーラー服に身を包んで、快楽の味を知りたいと群れている。

十六では子供だと決めつける大人の中で精いっぱい生きたがっている。

にきび面《づら》の清十郎たちと目くばせをして、一瞬のざわめきに快さを感じとる。

未成年だときめつける世間の中で、彼女らはどう精いっぱい生きるか、どう温和《おとな》しい羊になるか。

燃えさかる未知の炎の甘美さにひかれる蟻である。［……］

恋は奈落の口を開けてその恋の甘美さを喰いたがっているのだ。

奈落の深さは、快楽の時の甘さに匹敵したに違いない。

お夏のように、永い女の半生を、比丘尼として送った者も、お七のように江戸中をひき廻されて処刑された者も、その奈落の中で、恋しい男と燃えつきた炎の甘美さに充足したに違いない。
快楽の味は、喰ってはならぬと教えられても、手を出してしまうのが女である。
江戸時代も現代も、そうした快楽は決して消えてはいない。
(『江戸文学の女たち　恋舞台』)

こう述べたのは作家の中山あい子です。さまざまな掟《おきて》にしばられた封建の世に、死んでもいいと純粋に思いつめ、快楽のために世間を物ともせず果敢に生きたお夏やお七。彼女たちは「快楽を味わう資格」を備えていたという。ユニークな「快楽」視点による、きわめて現代的な「五人女」観です。

同じくお夏の現代性に着目して、『隣の女——現代西鶴物語』を書いたのが向田《むこうだ》邦子《くにこ》です。「このドラマではサチ子を現代のお夏にして、どうしても駆け落ちをさせてみたかった」と向田はいう。そして、その駆け落ち先は、なんとニューヨークです。といって、主人公サチ子は人妻ですから、お夏というより、むしろおさんにより近い存在といえるでしょう。けれども、彼女はおさんのようにはならず、けっきょく夫のいる東京のアパートへ戻ります。

さらに向田はいう。

西鶴の時代も現代も、人間の体内を流れる血液のスピードは不変。セックスだって変わったのは一瞬の意識だけではないでしょうか。西鶴の書いた女たちも、許されて帰れるものならみんな死にはしなかったでしょうに……。

（毎日新聞　一九八一年四月四日）

いずれにしろ、お夏・清十郎物語には、時代を超えて激しく挑発するものがあるということでしょう。では、その核心はいったい何でしょうか。作家の岩橋邦枝は、こういいます。上京して初めて見た歌舞伎がお夏・清十郎の悲恋物語。筋や役者は忘れたが、「お夏狂乱」の場だけはよほど打たれたらしく、今でも強く印象に残っている。

お夏狂乱のくだりは、小説で読んでも劇的で哀れ深い。その終章にいたるまでの筋のはこびといい、場面転換の呼吸や笑いをさそうエピソードの挿入といい、じつに巧みなつくりで読者をひきつけていく。

（『「好色五人女」と「堀川波鼓」を旅しよう』）

事実、この「お夏狂乱」（物狂い）と駆け落ち（道行き）こそが、のちの世のお夏・清十郎物における慰みの原型となっているのです。

はやり歌「清十郎節」

①むかひ通るは清十郎ぢゃないか、笠がよく似た菅笠が
②笠が似たとて清十郎であらば、お伊勢参りはみな清十郎
③清十郎殺さばお夏も殺せ、生きて思ひをさしょよりも
④小舟造りてお夏を乗せて、花の清十郎に櫓を押さしょ

寛文初年（一六六一頃）、姫路の清十郎刑死事件は、ただちにはやり歌「清十郎節」を生み、それが三都（京都・大坂・江戸）の芝居をバネにして、またたく間に巷《ちまた》に広がっていく。その間、新たな歌詞を次々に付け加えて、その伝承はしだいに膨らみ、実に広範多様なものとなります。各地に伝わる「清十郎節」をさらに挙げてみましょう。

⑤夜さ来い（=恋）といふ字を金紗で縫はせ、袖に清十郎と寝たところ
⑥清十郎清十郎と余り言ふてくれな、言へば名が立つ腹が立つ

⑦お夏どこ行く手に花もちて、わしは清十郎の墓参り
⑧御墓参りておがもとすれば、涙せきあげおがまれぬ
⑨清十郎二十一お夏は七つ、あはぬ毛抜きをあはしょうとすれば、森の夜烏啼き明かす
⑩清十郎屋敷に梨の木よなべて、なしにや実がなる、お夏ははらめ、九尺まなかに座敷を建てて、其処《そこ》で生ませうよ楽々と、若《も》しも其の子が男の子なら、京へのぼせて学問させ、名をばせじうるとつけてたべ
⑪清十郎お夏はなぜ髪結はぬ、櫛がないかよ油がないか、櫛も油も手箱にあれど、親に離れる清十郎にゃ添はず、誰に見しょとて髪ょ結はし
⑫お夏なつなつなぜ髪とかぬ、櫛がないかよ小枕がないか、櫛もござんす小枕もござる、親にゃ離れる清十郎は殺す、何がおもしゅろて髪とかす
⑬お夏なつなつ夏に帷子《かたびら》を、何に染めよと清十郎に問へば、裾には立浪地はうすがきに、肩は清十郎と寝た心
⑭鳥になりたや孔雀の鳥に、飛んで行きたや二善橋を越えて、清十郎み墓に花折りに、清十郎み墓に行てからの戻り、足がしどろで歩まれん

これらは茨城県（「潮来音頭」）と石川県（「加州藩御船歌」）を結ぶラインから西側でうたわれており、そこからはるか長崎県対馬地方（「花の絵島」）まで、延べ四十にも及ぶ伝承歌をみることができます。なぜこれほどうたい継がれ、広められたのでしょうか。

さきにも触れたように、大衆文化には本質的に民衆の苦しさや悲しさが反映しているといわれる。たしかに、ここにも若者の愛と死への愛惜と賛美、不安と願望、鎮魂と浄化《カタルシス》など、庶民の複雑な情念が脈々と息づいていることが分かります。

歌謡には、もともと人の世の情け心を揺さぶる力がありますが、お夏清十郎物の文芸は、新たな構想の中にこの力を巧みに取り入れて、ふたたび送り返してきます。謡曲の『清十郎』、浄瑠璃では近松『五十年忌歌念仏』から『家名所妹背笠紐《いえめいしょいもせのかさひも》』までの十一曲、歌舞伎では『寄《かさに》笠極彩色《よるにがおのいろどり》』、小説では『姿姫路清十郎物語』から『都正本製《みやこしょうほんじたて》』までの九作品、さらには『清十郎俳諧』など、みなそうです。「清十郎節」はまた、役者評判記『野郎大仏師』や随筆『甲子夜話《かっしやわ》』などにも取りあげられている。なかで、とりわけ多いのが①の「むかひ通るは」で、次いで④の「小舟造りて」、⑤の「夜さ来いと」の順になります。さしむき「姿姫路清十郎物語」も、①③④の歌詞を織り込んで、巧みに民衆の情け心にアピールしているのです。

お夏・清十郎事件

お夏・清十郎事件がいつ起きたのかといえば、「八百屋お七」の場合と同様、むしろ確かなことは少ないのです。いくつかの伝承によって、それは万治二（一六五九）年から寛文二（一六六二）年までの四年間の出来事とされています。

万治二年説は、地元の見聞録『諸記視集記』（宝暦一〇〈一七六〇〉刊）によるもの。万治三年説は西沢一鳳の『中興《ちゅうこう》世話《せわ》早見《はやみ》年代記《ねんだいき》』（嘉永四～五〈一八五一～五二〉成）により、また寛文元年説は『清十郎ついぜん　やっこはいかい』（寛文七〈一六六七〉刊）によっています。さらに寛文二年説は『玉滴隠見《ぎょくてきいんけん》』（元禄年間〈一六八八～一七〇四〉写）や『甲子夜話《かっしやわ》』（文政四〈一八二一〉～天保一二〈一八四一〉成）、『実事譚《じつじものがたり》』（明治一五〈一八八二〉刊）等によるものです。このうち、もっとも支持者の多いのが寛文二年説ですが、それでも時間の記憶に正確を期しがたい後代の記録です。その意味では、事件にいちばん近いだけでなく、七回忌追善『やっこはいかい』（奴俳諧）という年次推定の確かな一次資料に支えられた寛文元年説が、かなり説得力をもっています。

事件の中身も一様ではありませんが、播州姫路の商家、但馬屋《たじま》の娘お夏が手代の清十郎と密通事件をおこし、追い出された清十郎の跡を追って、狂い出る、というのがおよその輪郭で、『玉滴隠見』がこの筋です。それに対し、恋愛事件のいきさつを省き、清十郎追放後の行く立てを臨場感ゆたかに述べたのが『諸記視集記』です。すなわち、解雇されて西紺屋町の借家に暮らしていた清十郎は、但馬屋九左衛門に仕返しをしようと、刃物を仕入れた。坂田町の加古屋庄左衛門がたびたび意見したが聞き入れず、万治二年六月のある夜、但馬屋に押し入り、ついに凶行に及ぶ。九左衛門が表へ逃げようとして、麦を干してあった筵《むしろ》につまずき、倒れたところを背後から切りつけ、傷を負わせる。清十郎は、密通と主人殺害をはかった罪によって、牢屋に入れられ、のち船場川下流の一枚橋の東の河原で打ち首となる。一方、お夏はのちに小豆島に嫁入りした、というのです。

姫路市慶雲寺や御津町《みつちょう》（室津）浄雲寺、備前市片上等の伝説も含め、清十郎の最期がすべて打ち首であるのに対し、事件後のお夏の成り行きについては、生き残り説から心中説まで、きわめてまちまちです。たとえば狂乱（『玉滴隠見』）、出家（慶雲寺伝説）、心中（『中興世話早見年代記』）もしくは後追い心中（浄雲寺伝説）、また結婚（『諸記視集記』『村翁夜話集』）もある。それに、いかず後家となり、備前・片上で茶店を営み、七十余歳まで老醜をさらしたとするもの（備前市伝説）さえあります。そういうなかで西鶴は、狂乱ののち仏門に入るという異色の「物語」を仕立てたのです。

「お夏・清十郎」の文芸化

『五人女』前後における文学・芸能のお夏・清十郎物をざっと見ておきましょう。まずは寛文四（一六六四）年四月、中村座の歌舞伎に「清十郎節」が摂取され、玉河主膳の清十郎踊りも加勢して、ようやく江戸で流行をみます。翌寛文五年初夏には、古浄瑠璃『あつた大明神の御本地』の間《あい》狂言に「清十郎節」がうたわれ、同七年には「清十郎踊り」の上演に加え、俳諧・狂歌・役者評判記まで登場します。なかで『清十郎ついぜん　やつこはいかい』には、序文に「かはゆの清十郎がなれのはて、いざ追善に俳諧の一巻をあつめん」とあって、そこに次のような句が見えます。

若竹だ世に囃歌《はやりうた》や清十郎ぶし
おなつの空にほゆる郭公《かっこう》

その評文でも「かれが妻夫《めおと》のなれのはて」というように、それは二人がカップルとして登場する初めての作品でした。では、その「囃歌」の中身はどうか。あまりよく分かりませんが、さいわい同じ年の役者評判記に『野郎大仏師』があります。その森本左近のくだりをまず見ましょう。

目もとさえたる物ごしには清十郎ならねどあわぬけぬき、森本の子がらす、こひにこがれてなきあかすらむ。

これじたい、さきの「清十郎節」⑨のもじりであることが分かります。また、松平大和守がその年の九月十二日に聞いたという狂歌はこうです。

清十郎　お夏はきたかほととぎす　かさがよく似たありあけの月

これまた「清十郎節」①を摂取したものですから、その流行ぶりはおおよそ察しがつくでしょう。

寛文九（一六六九）年には、さらに浄瑠璃『清十郎』、同十年には歌舞伎の『清十郎』が上演されています。

事件から二十余年後、こうした先行芸能を取り入れて、初めて独自の物語に仕立てたのが、ほかならぬ「姿姫路清十郎物語」だったのです。そして、この物語が歌祭文の「おなつ清十郎」と「おなつ清十郎浮名の笠」を生み、地元姫路の伝説を補強していきます。そのうえ元禄四（一六九一）年の大坂歌舞伎『但馬屋おなつ清十郎三十三年忌』に改作されている。宝永四（一七〇七）年には、さらに大坂・竹本座の浄瑠璃、近松作『五十年忌歌念仏』にも摂取されるに及んで、西鶴の「物語」を太い動脈として、ここに歌謡・浄瑠璃・歌舞伎・小説間のいわば相互乗り入れ時代を迎えることになったのです。「清十郎節」は以後も歌舞伎・浄瑠璃に取り込まれ、それがまたはやり歌となって巷《ちまた》に広がり、それを小説（草双紙《くさぞうし》・読本《よみほん》・人情本）がさまざまに利用する。そういう関係が長くつづくことになります。

明治以降も、多くの作家が「お夏・清十郎」の再生に挑んでいます。とりあえず小説・戯曲の主なものを挙げてみましょう。

坪内逍遥（戯曲）「お夏物狂ひ」『早稲田文学』明治四一（一九〇八）年二月
岡田八千代「お夏清十郎」『女の世界』大正五（一九一六）年六〜十月

真山青果（戯曲）「お夏清十郎」『中央公論』昭和八（一九三三）年六〜七月
藤原審爾「お夏清十郎」『小説新潮』昭和二七（一九五二）年一月
藤原審爾「但馬屋おなつ」『小説新潮』昭和三二（一九五七）年十一〜十二月
藤本義一「お夏狂恋」『小説宝石』昭和四八（一九七三）年九月
平岩弓枝（舞踊劇）『書写山幻想　お夏清十郎』平成五（一九九三）年八月七日　書写山円教寺上演
平岩弓枝「お夏清十郎」『小説新潮』平成四（一九九二）年二〜十一月、のち『お夏清十郎』新潮社　平成五年
菅　浩江「お夏　清十郎」『雨の檻』（早川文庫）早川書房　平成十五（二〇〇三）年

「姿姫路清十郎物語」のあらすじ

「姿」とは、「姿絵」（美人画）、「姿人形」（美人人形）などから分かるように「美人」の意ですから、この題名は姫路美人のお夏と清十郎の恋物語という意味になります。まず、そのあらすじを見ておきましょう。

清十郎は播磨の国・室津《むろつ》の豊かな造りの酒屋の跡取り息子で、とびきり美男のプレイボーイ。十四歳から室津の遊女遊びに打ち込んだあげく、十九歳でとつぜん勘当の身となる。金の切れ目が縁の切れ目、とたんに揚屋《あげや》（遊女屋から遊女を呼んで遊ぶ家）に冷たくされ、なじみの遊女・皆川との心中を決意する。だが、すんでのところで止められ、皆川は抱え主のもとに連れ戻され、清十郎は菩提寺の永興院に入って出家の身となる（第一章「恋は闇夜《やみよる》を昼の国」）。

ついに皆川は自殺する。死におくれた清十郎は永興院を抜け出し、伝《つて》を頼って姫路の但馬屋に手代奉公の身となる。

清十郎は色恋にあきはてて、朝夕実直に勤めたので、主人も万事を任せ、彼の行く末を頼りにしていた。

主人の妹・お夏は世にも美貌の十六歳。あるとき、中居女《なかいおんな》（奥女中と下女の中間に位置する奉公人）が清十郎に頼まれて、その帯を絎《く》けなおす（縫い目が見えないように仕立て直す）と、中から室津の遊女十四、五人の恋文が出てくる。それを読んでお夏は、たちまち清十郎に惹《ひ》かれる。

はげしく恋慕して、かずかずの恋文を送るうちに、いつしか清十郎もお夏になびいていく。だが人目の多い家の中、忍び逢う機会もなく、やっと声を聞き合うのを楽しみにするばかりで

揚屋の大座敷。心中騒ぎに駆けつけた人々が、剃刀を握った清十郎（左面、左から二人目）と皆川（左面、右から三人目）の腕を取り押さえている。手前が揚屋に乗り込んできた清十郎の父親。（第一章の挿絵）

但馬屋の店先と奥の間。右面では、乳母が清十郎に児を抱かせて、くどいている。左面では、くけ帯から出てきた遊女の恋文を中居が広げ、お夏はそれを立って見ている。(第二章の挿絵)

あった（第二章「くけ帯よりあらはるる文」）。

桜が咲いて、但馬屋一家の女たちは恒例の「春の野遊び《ピクニック》」に出かける。男はひとり清十郎が世話役としてついて行くことになった。

花見幕の中では女だけの酒盛りがはじまり、宴たけなわの最中、獅子舞いが登場して、ありったけの面白い芸をして見せた。女たちは大喜びで、みな熱中しているなか、お夏はひとり幕の内に残り、「虫歯が痛い」などといいながら、物陰でたぬき寝入りして、いびきを立てている。そこへ清十郎が裏道から回って忍び込み、二人は物もいわず胸ばかりどきどきさせて、あわただしい契りを結ぶ（第三章「太鼓に寄《よる》獅子舞」）。

お夏・清十郎は大坂での新生活をめざして、飾磨津《しかまづ》港から船で駆け落ちをはかる。だが、同乗の飛脚が書状を入れた箱を宿へ置き忘れたことから、船は港へ戻され、二人は駆けつけた追手に捕らえられる。

座敷牢に入れられた清十郎は、我が身は亡《な》き者《もの》にして、「お夏は、お夏は」と口走り、男泣き。お夏は七日間断食をして、室《むろ》の明神に清十郎の命乞いをする。すると、「お前の命は長く、清十郎はすぐに最期ぞ」との夢のお告げがくだる。

案の定、清十郎はお白洲《しらす》に召し出されて、思いがけない取り調べをうけることになった。折りしも但馬屋の金戸棚の小判七百両がなくなったのを、「清十郎がお夏に盗み出させて、取って逃げた」といいふらされたからだ。運悪く申し開きもできず、かわいそうに二十五歳の四月十八日に処刑されて、一命を終えたのであった。

その後、六月の初めに虫干しをしたところ、例の七百両の金が、いつのまにか置き所が変わっていて、車長持《くるまながもち》の中から出てきたという（第四章「状箱は宿に置て来た男」）。

お夏は清十郎が亡くなったとは知らず、何かと思い沈んでいる折りから、里の子どもたちが「清十郎殺さばお夏も殺せ」とうたい囃《はや》しているのを聞いて、さてはと気づき、とり乱して狂い回るようになる。

清十郎と長年親しくしていた人びとは、遺体を埋め、目じるしに松・柏を植えて、「清十郎塚」と呼びならわした。お夏は毎夜、塚に来てその霊を弔《とむら》っているうちに、まざまざとありしながらの清十郎の姿を見たという。それから百か日にあたる日、塚に坐《すわ》って守り刀で自害しようとするが、付き添いの女たちに止められ、出家を勧められる。

花見幕と大神楽・獅子舞いの場景。左面、幕の内には逢いびき中のお夏と清十郎。（第三章の挿絵）

飾磨津港、乗り合い船の場景。船尾に菅笠をかぶった清十郎（右）とお夏(左)。船首で両手を挙げて立っているのは、備前の飛脚。(第四章の挿絵)

正覚寺《しょうかくじ》に入って、尊い尼姿となったのを見た人びとは、「伝え聞く中将姫の生まれ変わりに違いない」と噂した。このありさまを見ては、兄の但馬屋も後世安楽を願う心が起こって、例の七百両の金で仏事供養を営み、清十郎の霊を弔ったという。

そのころ、上方でこの事件を芝居に仕組んで上演したので、遠国《おんごく》津々津々にまでその浮き名を流したのであった（第五章「命のうちの七百両のかね」）。

ひるがえって、さきの伝承に照らしてみると、まず室津の酒造家の一子・清十郎が廓《くるわ》遊びで勘当され、遊女と心中を企てるという発端からして、西鶴の特異なフィクションであることが分かります。次いで、お夏が遊女の恋文を見て清十郎に惹《ひ》かれるそのなれそめ（第二章）、野遊びでの契り（第三章）、駆け落ち（第四章）、そしてお夏の狂乱と出家（第五章）など主筋のほとんどが、やはり大胆なフィクションであることがあらまし見えてきます。

地女と遊女

江戸時代の女性は、家にいて親に対する勤めを果たし、家事と子育てをする「地女《ぢおんな》」（素人《しろうと》女）と、遊廓で男性の欲望に奉仕する「遊女」とに二分されていました。いわば「出産の性」

と「快楽の性」との役割分離です。

男にとって結婚相手となる地女、生活を共にする妻としての女性は、恋の相手とはなりません。恋の相手は遊女でしたから、恋と結婚は分けて考えるのが普通でした。しかも結婚は、ことに武家や上層町人においては、親の取り決めに従うのが、むしろあたりまえだったのです。『田夫物語』が端的に、「親の合はすれば、たとひ目のつぶれ鼻の欠けたるごとき者」でも添わなければならない、というとおりです。これを「号令結婚」と称した人がいますが、結婚相手は、双方の好意とは無関係に、一方的に選ばれるのが常でした。

自由な好意の相手として、それに代わるものが遊女でした。わけて高級遊女は、ただ美々《びび》しいだけでなく、小歌や琴・笙・三味線・浄瑠璃など歌舞音曲はもちろん、和歌を詠《よ》み、書をよくし、茶道・華道・香道にもすぐれた第一級の芸能人にして、かつ教養人だったのです。遊里百科の『色道大鏡』によると、さらに尺八や双六・かるた・手鞠・小弓などの諸芸も身につけている、まさにこよなきエンターテイナーでした。しかも遊女道の理想とされるなさけや大らかさ、意気地（金権に屈することなく自分の思いを立て通そうとする張りの強さ）、手管《てくだ》（客をあやなすかけひきの技量）をも備えているのです。『好色一代男』や『諸艶大鑑《しょえんおおかがみ》』（『好色二代男』）に登場する吉野や薫・三笠・初音・夕霧・高尾・小紫といった当時の名妓たちは、皆そういう太夫でした。
それに比べて、地女がいかにつまらないか。『世間胸算用』（巻二の三「尤《もっとも》始末の異見」）では次のようにいいます。

素人女は第一気がきかないし、物事にくどくて、卑しいところがあって、手紙の書き方も違うし、酒の飲み方が下手で、歌もうたえないし、着物の着こなしが下手で、立居《たちい》ふるまいが不安定で、歩きぶりも腰がふらふらして、寝床で味噌・塩のことをいい出し、始末で鼻紙は一枚ずつ使うし、伽羅《きゃら》（香木）は飲み薬と覚えている。すべてにげんなりすることばかりである。髪形は遊女におよそ似ているとはいうものの、同じようにいうのも馬鹿らしいことである。

のちの柳沢淇園《きえん》も随筆『ひとりね』のなかで、ことさら強調して、遊女と地女は「雪と墨」以上に違うのだという。この女性観には、むろんその時代における男性の欲望と社会的な秩序が色濃く投影されているのですが、いまそれには立ち入りません。
近松の『曽根崎心中』はじめ、江戸時代の文芸の恋物語の多くが遊女を相手とするもので、思いを遂げるための心中相手も、多くが遊女であるのは、そういう時代文化の所為《せい》です。江戸時代の性愛の葛藤《ディレンマ》は、好きな女性と一緒になれないというよりは、たいてい遊女との恋を遂げられないということでした。

清十郎と遊女・皆川の恋

さて清十郎の遊女遊びは、いったいどういうものだったのか。

十四の秋より色道に身をなし（遊女遊びに身を打ち込んで）、この津の遊女八十七人ありしを、いづれか会はざるはなし。（女たちから贈られた）誓紙《せいし》（愛情の変わらないことを誓う起《き》請文《しょうもん》）千束《ちづか》につもり、（真心を示す証《あかし》として剥がした）爪は手箱にあまり、切らせし黒髪は大綱になはせける。これには悋気《りんき》（嫉妬）深き女もつながるべし。毎日の届文《とどけぶみ》ひとつの山をなし、紋付《もんつき》（遊女の定紋付き）の送り小袖（贈り物の和服）そのままに重ね捨てし。三《さん》途《ず》川の姥（奪衣婆《だつえば》）もこれ見たらば欲をはなれ、（大坂）高麗橋の古手屋（古着屋）も、ねうちはなるまじ（値段のつけようがあるまい）。浮世蔵《うきよぐら》（遊女狂いの記念品を集めた蔵）と、戸《と》前《まえ》に書付けてつめ置きける。

清十郎の途方もないプレイボーイぶりを、遊女からのプレゼントの列挙によって、たちまち浮き上がらせます。「誓紙」、「爪」(放爪)、「髪」(断髪)、「毎日の届文」(日文《ひぶみ》)など、遊女が真心を示すために贈ることを「心中立《しんじゅうだて》」といいます。実は、これらはほとんど遊客をキープするための手管《てくだ》の品なのですが、清十郎はそれにあやなされて遊女遊びにのめり込んでいったのです。

皆川になじんでいたのは、そのころのことです。人の悪口や世間の噂など物ともせず命がけ、ひたすら遊興に耽《ふけ》っている。まさに絵に描いたような蕩児《とうじ》です。案の定、父親の堪忍袋の緒《お》が切れて、ついに勘当をいいわたされます。

金づるが切れたとみるや、とたんに揚屋は冷たくなる。皆川の身にしては悲しいかぎりで、一人あとに残り涙に沈んでいます。清十郎も「くやしい」と、一言《ひとこと》いったきり死ぬ覚悟を決めますが、皆川が「私もご一緒に」というに違いないと思うと悲しく、あれこれ思い迷っています。その顔色から内心を見抜いた皆川は、「命を捨てようと思っておいでのご様子、それにしてもずいぶん愚かなことでございます。私もご一緒に、と申し上げたいところですが、何としてもこの世に未練があります。勤めの身は相手次第、その時どきで心の変わる習いですから、何事も過ぎた昔、ご縁もこれまででございます」と、愛想づかしをして立ち去ります。

予想がはずれて、さしもの清十郎もこれにはがっくり。「いくら遊女だからといって、今までのよしみを捨てるとは、浅ましい根性だ。あまりにもひどい仕打ちだ」と、涙をこぼして座敷を出ようとする所へ、皆川が白装束で駆け込み、清十郎にしがみつき、「死なずにどこへいらっしゃるのですか。さあさあ、死ぬなら今です」と、剃刀《かみそり》を二梃《ちょう》取り出します。愛想づかしから一転、心中へ——にわかにあぶりだされたのは、遊女の駆け引きです。清十郎は、また意表をつかれて、「これは！」と喜ぶとき、人びとが飛び出して、二人を両方へ引き分け、皆川は抱え主のもとへ、清十郎は、親父様へのお詫びの種にもなろうかと、菩提寺の永興院へ送り届けられます。

そうこうするうちに、皆川が自殺。ひたむきな女の一念がうちつけに示されたのです。このことを十日あまりも隠しておいたので、清十郎は死に遅れてしまい、「母人《ははびと》の申しこされし（いってよこした）一言《いちごん》」（内容は不明）のために、惜しくもない命をながらえることになります。

清十郎と皆川の恋は、こうして皆川の死によってあっけなく終わります。この物語からも、当時遊廓は男にとって恋と快楽の場であり、その恋をかなえるために遊女と心中に及ぶ、という成り行きがよく分かるように思います。

お夏・清十郎 ―― 小町・業平の再来

お夏はまず、どんな女性として登場するのでしょうか。

(但馬屋《たじまや》)九右衛門(の)妹にお夏といへるありける。その年十六まで、男の色好みて、今に定まる縁もなし。さればこの女、田舎にはいかにして、都にも素人女《しろうと》には見たる事なし。「この前、島原に揚羽の蝶を紋所に付けし太夫ありしが、それに見増す程なる美形《びぎょう》」と、京の人の語りける。ひとつひとついふまでもなし、これになぞらへて思ふべし。情《なさけ》の程もさぞあるべし。

封建社会の家父長制のもとでは、先述のように、親や兄のいいつけどおりに縁付くのが習わしでした。しかし、このお夏はきわめて意志の強い女性で、今年十六になるまで意中の人が現れないので、「男の色好みて」(選《え》り好みをして)結婚しなかったというのです。そのうえ、ときの女性美を代表する京・島原の太夫に勝るとも劣らぬ美人だという。さぞかし情けも深いことだろうと、巧みに読者の想像力に訴えます。

お夏のこうしたイメージは、必ずしも西鶴の独創ではなく、なじみの古典の、ある俤《おもかげ》に重ねて、読者の記憶を呼び出そうとしているのです。それは小野小町です。「男の色好みて」と「美形」と「情《なさけ》」、この三つが伝承の小町像とじかに結びつきます。

「色好み」の小町像がまず作られ、定着していく過程で最初に大きな役割を果たすのが『伊勢物語』です。その伝承は中世の『伊勢物語』注釈書を通じて次つぎに増幅されていきますが、やがて『御伽草子』の「小町草紙」に至るや、

小町といふ色好みの遊女あり。

として、遊女小町のイメージが打ち出されます。

お夏の「色好み」は、この遊女小町の俤を何ほどか受けて、遊女風に色あげしたものとみることができます。「都にも素人女には見たる事なし」というのがまずそうですし、また、わずかの隙《すき》を見すまして清十郎と契りを結ぶお夏について、「町女房はまたあるまじき粋様なり」というのもそうです。もう一つ、「男の色好みて」の意味に関連して、『古今著聞集』の「小野小町が壮衰《そうすい》の事」には、「小野小町がわかくて色を好みし時」とあって、この「色を好み」は、

お夏の場合と同様、「男を選ぶ」の意です。

「美形」については、あらためていうまでもないでしょう、評判の美人を「小町」というくらいですから。ちなみに、お夏が美人であったという世評は、上方でかなり定着していたらしく、たとえば元禄九（一六九六）年刊の小説『好色わすれ花』にも、「姫路一番の美人、おなつ」と書かれています。

では、「情」はどうかといえば、延宝九（一六八一）年刊の『名女情比《めいじょなさけくらべ》』は小町について、「いまにいたるまで、その名もたかき美人」としたうえ、「情のふかさは、たとへんかたなし」と、とびきり情け深さを強調しています。先述のように、この「情」こそ理想的な遊女道の要《かなめ》となるものでした。

さらに、第二章の挿絵《さしえ》（77頁）をごらんください。懐《ふところ》に顔をうずめるお夏のこのポーズが、遊女特有のものであることもすでに指摘されています。挿絵には物語の言語イメージを補充する役割がありますから、文と絵が協同してお夏を遊女風にかたどっているといえるでしょう。

では、清十郎はどうでしょうか。

自然と生れつきて、昔男をうつし絵にも増り、そのさまうるはしく、女の好きぬる風俗。

清十郎は生まれついての美男で、その容貌は『伊勢物語』の主人公「昔男」（在原業平《ありわらのなりひら》）の絵姿よりも美しく、女好きのする身のこなしであったという。（ちなみに、後代のお夏・清十郎物は、みな西鶴のこの清十郎像を受け継いでいます）。業平は、よく知られているように、在世当時から「体貌閑麗《たいぼうかんれい》」（『三代実録』）をうたわれた日本史上の代表的美男です。また『伊勢物語』は、西鶴の時代には『源氏物語』や百人一首、十三代集（『新勅撰《ちょくせん》集』から『新続《しょく》古今集』まで十三部の勅撰和歌集）とともに、「女のもてあそぶ草子」（『女重宝記《おんなちょうほうき》』）といわれるほど大衆受けのする古典でした。その「昔男」が入内《じゅだい》前の二条の后《きさき》と身分違いの激しい恋におち、「からうじて盗みいでて」（やっとのことで盗み出して）駆け落ちを敢行する。禁断の境界線を越えるこの行為は、清十郎が主家の令嬢お夏を「盗み出」すそのくだりに重なります。また、清十郎が遊女狂いのあげく勘当される、その逸脱ぶりも『三代実録』における業平の「放縦不拘《ほうじゅうふこう》」（気ままで枠にとらわれない）のイメージに重なります。

そもそもヒーロー・ヒロインが美男・美女であることは、いわば物語の文法です。そのうえ、業平が小町の恋人であったとする伝承は古くからありますので、このお夏・清十郎のカップルは、その小町・業平の伝承を利《き》かせて、近世風に色あげしたものと見ることができるでしょう。

恋のはじまり――欲望の発生

演劇では、しばしば人の出入りが場面の変化をよびおこし、そこにドラマが生まれる。この恋物語も、但馬屋のお夏が新入者・清十郎を意識するところからはじまります。しかし、彼女は清十郎を雇用の端《はな》から意識していたわけではない。むしろ目もくれなかったのです。清十郎は、いまや色恋沙汰に飽きはてて、身なりもかまわず、毎日まじめに勤め、売り上げを伸ばし、有能な商人として主人にすっかり信頼されるようになっています。きっかけは、実にひょんなことからでした。

ある時、清十郎、龍門《りゅうもん》（厚地の絹織物）の不断帯《ふだんおび》（を）、中居《なかい》の亀といへる女に頼みて、「この幅の広きをうたてし（広いのが気に入らないから）、よき程にくけなほして（仕立て直してくれ）」と頼みしに、そこそこにほどきければ、（中に）昔の（恋）文名残《なごり》ありて、（お夏も）取乱し読みつづけけるに、紙数《かみかず》十四五枚ありしに、宛名（は）、皆「清《きよ》さま」とありて、裏書《うらがき》（差し出し人の名前）は違ひて、花鳥《かちょう》・浮舟《うきふね》・小太夫《こだゆう》・明石《あかし》・卯《う》の葉《は》・筑前《ちくぜん》・千寿《せんじゅ》・長州《ちょうしゅう》・市之丞《いちのじょう》・こよし・松山・小左衛門《こざえもん》・出羽・みよし、皆々室君《むろぎみ》（室津の遊女）

の名ぞかし。いづれを見ても、皆女郎の方より、深くなづみて（ほれこんで）、気をはこび（心をつくし）、命をとられ（投げ出し）、（遊女）勤めのつやらしき事（うわついた言葉）はなくて、誠をこめし筆のあゆみ、「これならば、傾城《けいせい》（遊女）とても、憎からぬものぞかし。又、この男の身にしては、浮世（遊女）狂ひせし甲斐《かい》こそあれ。さて（は外見と違って）内証（内々）に、しこなし（振る舞い）のよき事もありや。女のあまねく思ひつくこそゆかしけれ（何となく魅力的だわ）」と、いつとなくお夏、清十郎に思いつき、［……］

いまや堅気《かたぎ》の奉公人となった清十郎は、遊び人時代の幅広の帯は派手すぎて気に入らないからと、絎《く》け直してもらったのです。そのとき帯芯から出てきた遊女の恋文を読みつづけるうち、みんながこんなに夢中になるとはと、お夏自身、いつしか慕わしく思うようになります。手管《てくだ》の文を「誠をこめし筆のあゆみ」と見なしたのは、たしかに地女の甘さですが、ともかくここに欲望が発生したわけです。

「ある欲望がおこるのは、現実的なものであれ、幻想的なものであれ、いつもある別の欲望を見ることによってである」（ルネ・ジラール）といわれますが、欲望には、みんなが欲しがるから自分も欲しくなるという性質があります。つまり、欲望は他人との関係のなかで出てくる。

遊女の恋文をなかだちとして、お夏に欲望が発生し、清十郎との関係が自覚されると同時に、清十郎にある「価値」が生じます。恋文は単なるモノではなく、何かを暗示し象徴するからこそ欲望の対象となるのですが、お夏はそのなかに社会的な意味やイメージを見出し、そのイメージがもたらす価値を清十郎に付与したのです。それが外見ではうかがい知れない内面的な魅力というのですから、「男の色好みて」は、やはり単なる容貌のことではなかったことが分かります。

「いつとなくお夏、清十郎に思いつき」、たちまち恋におちます。劇的に現れるのがそのはじまり、つまり清十郎が特別な意味をもつようになった、その瞬間です。世界に新しい中心ができ、その中心が清十郎になったのです。

それより明暮《あけくれ》、心をつくし（思い悩み）、魂《たましい》（は）身のうちを離れ、清十郎が懐《ふところ》に入りて、我は現《うつつ》が物いふごとく（物をいうのも夢心地で）、春の花も闇となし、秋の月を昼となし（春の花も秋の月も目に入らず）、雪の曙《あけぼの》も白くは見えず、夕され（夕暮れ）の時鳥《ほととぎす》も耳に入らず、盆も正月もわきまへず（区別できず）、後（に）は我を覚えずして（無我夢中になって）、恥は目よりあらはれ（恋心は目つきに表れ）、いたづら（恋の思い）は（清十郎へ

の）言葉に知れ、［……］

恋愛における一種独特な心理、恋する気持ちがきわやかに描かれています。「それより明暮、心をつくし」──恋人への思いがお夏の心に、まず侵入しはじめる。次いで相手の反応を求めて、目と口で呼びかけます。世界共通の求愛行為、求愛のボディー・トークといわれるものです。物をいうのも夢心地で、恋しいと思う心は目つきに表れ、清十郎への言葉のはしばしにも知れるようになります（ちなみに、原文の「恥」と「いたづら」は、恋愛感情を罪悪視した当時の思想による表現です）。「目は口ほどに物をいう」といいますが、ヘレン・E・フィッシャーはそのさいの目つきやしぐさについて、「眉をあげ、目を大きく見開いて相手を見つめる。つぎに視線を落とし、軽く首をかしげてよそを向く」と述べています。

また、その心は希望と不安のあいだを激しく揺れうごき、不安が高まるほど一緒にいたいという気持ち（親和的欲求）が高まります。「魂身のうちを離れ、清十郎が懐に入りて」──魂はあまりに思いつめると、肉体から抜け出て相手の所へ行く、いわゆる遊離魂の状態を指しているのですが、それは恋の不安定さをいうさいの古来の伝統です。

つづく「我は現《うつつ》が物いふごとく、［……］盆も正月もわきまへず、後は、我を覚えずして」

のくだり、これこそ特徴的な恋の感情表現にほかなりません。無我夢中、心ここにあらずのぼうっとした状態。それを指して、「恋しているとは、要するに知覚が麻痺状態にあることだ」といったのはH・L・メンケンですが、お夏はいま、あたかも知覚麻痺状態にあります。恋愛感情とは、まさしくジェットコースターのような激しい揺れ、自分でも意のままにならない激情のモザイクであることが、実に巧みに描かれています。

恋の感染

お夏の恋心が清十郎への目つきや言葉のはしばしに知れるようになると、それはやがて次つぎと女奉公人たちに感染していきます。お互いの「模倣」から欲望が発生し、それが清十郎に集中して競争状態を呼びおこす。そのありさまを作者は、とても生き生きと、しかもユーモラスに描きます。

女奉公人たちは、「世間にありがちな事だから、この恋を何とか叶《かな》えてあげたい」とは思いながら、こぞって清十郎に迫りだします。

めいめいに、清十郎を恋ひわび、お物師（裁縫女）は（真心を示すため）針にて血をしぼり、心の程を書き遣《つか》はしける。（字を書けない）中居《なかい》は人頼みして、男の手（筆跡）にて（恋）文を調《ととの》へ、（清十郎の）袂《たもと》に投げ込み、腰元は運ばでも苦しからざりき（役目柄、運ぶ必要もない）茶を（清十郎のいる）見世に運び、抱姥《だきうば》（子守りの乳母）は、若子《わかご》様に事よせて（かこつけて）近寄り、お子を清十郎にいだかせ（て）、膝へ小便《しし》しかけさせ、「[……]」世帯やぶる（協議離婚した）時分、暇《いとま》の状（離縁状）は取つて置く。男（夫）なしぢやに、ほんにおれは、生れつき（体）こそ横ぶとれ（肥り）、口小さく髪も少しはちぢみしに」と、舌たるき独言《ひとりごと》いふこそをかしけれ。下女は又それそれに、金杓子《かなじやくし》片手に目黒《めぐろ》（まぐろ）のせんば煮（大根・人参などの煮込み）を盛る時、骨、頭《かしら》をえりて（よけて、身のところを）清十郎にと、気をつくるもうたてし（不愉快だった）。

裁縫女や中居、腰元、子守り乳母、下女らは、お夏を取り巻く女性集団です。「集団」は互いに確かめあい、また同時に、自分たちのリーダーと同一化しようとする複数の個人によって成り立つ、といったのはフロイトですが、お夏・清十郎の恋がグループに感染し、その行動がグループの集団運動に転移していく様子が、まるで手に取るように分かります。

清十郎の変質

お夏・清十郎の出会いは、それこそ二つの化学物質の接触に似ていて、恋の化学反応が起こると、たちどころに変質していきます。但馬屋に奉公して以来、生まれ変わったように実直かつ有能ぶりを発揮していた清十郎ですが、女たち、とりわけお夏のはげしい呼びかけにあっては、ついに変わらざるをえなくなる。いったいどう変わるでしょうか。

あなたこなたの心入れ（好意も）、清十郎（の）身にしては嬉し（くも）悲しく、内方（店）の勤めは外《ほか》（おろそか）になりて、諸分《しょわけ》（色恋）の返事に隙《ひま》なく、後にはこれもうたてくと（いやになって）、夢に目を明く風情《ふぜい》（夢にうなされて目を覚ましたような様子）なるに、なほお夏、便《よすが》（伝《つて》）を求めて、かずかずの通はせ文（恋文）、清十郎ももやもやとなりて、（お夏様の）御心にはしたがひながら、人目せはしき宿（家）なれば、うまい事（忍び逢い）はなりがたく、瞋恚《しんい》（煩悩《ぼんのう》＝愛欲の炎）を互《たがい》に燃やし、両方恋にせめられ、次第やせに（やせ細って）、あたら（せっかくの美しい）姿の替り行く（むなしい）月日のうちこそ是非もなく（どうしようもなく）、やうやう声を聞きあひけるを楽しみに、「命は物種（何事も命あっ

ての物種)、この恋草のいつぞは(いつかは)なびきあへる(実る)事も」と、(互いに通わせている)心の通ひ路[……]

お夏の恋文攻勢は執拗《しつよう》につづきます。人間の愛や意志、期待などの心理は、言葉にすることによって形づくられ意味づけられるという説がありますが、そうだとすると、お夏はたえず恋文を書くことで自ら愛を形成し、意味づけていることになります。その呼びかけに、さしもの清十郎もぽうっとなって、いつしかお夏の心に添うようになる。けれども人目の多い家なので、忍び逢うようなうまい事もできず、そうなるとよけいに思いが高ぶります。

いま注目すべきことは、そういうなかで二人が性的にも感情的にもほとんど対等な関係を結んでいくことで、それはお七・吉三郎の場合と同様です。両人が対等かつ対称的に恋情を交わし合っていることは、「瞋恚を互に燃やし、両方恋にせめられ」、あるいは「声を聞きあひける」「心の通ひ路」などがよく示していますが、この仲らいがさらに密になることは、いずれあらわになるでしょう。

障害

文学では、妨げられた達成不可能な愛がよく扱われます。そこで、掟や障害の設定が、意味深い愛の物語を紡《つむ》ぐための重要な技巧となります。それをことさら強調して、タブーがなければ恋愛小説は書けない、「恋は障害を食って拡大再生産される」といったのは作家の辻原登です。それは今も変わりありません。

そもそも、この二人が生きているのは、封建的な身分制度や家族制度の厚い壁のなかです。家父・家長の許しを得ずに、住み込みの使用人と家つき娘が一緒になるなどということはありえません。但馬屋の家長は、お夏の兄・九右衛門ですが、一家の女たちを管理しているのは、その妻すなわち兄嫁です。互いに心を通わせていても、家では人目が多いうえ、兄嫁が二人の仲をきびしく監視していて、毎晩、清十郎の寝泊りする店と、お夏のいる奥の間との仕切り戸を固く閉ざしています。

周囲の妨害があればあるほど、恋人たちはくじけるどころか、かえって熱愛度を増していく。すでに述べたことですが、「ロミオとジュリエット効果」は、ここにも盛んに作用しています。二人は、怖い兄嫁を撒《ま》いてする逢い引きの秘策を練り、あえて実行に移すのです。

逢い引きは野外、但馬屋の女たちのお花見の場をねらいます。幕の中ではいま、女だけの酒盛りでもり上がっています。外にいる駕籠《かご》かきどもは茶碗酒のがぶ飲みで酔いつぶれ、すでに正体不明のありさまです。

ちょうどそのとき、人だかりがして、曲太鼓《きょくだいこ》を叩《たた》きながら太神楽《だいかぐら》（獅子舞いを演ずる大道芸）がやってきます。大勢遊んでいる所を目がけて、獅子頭《がしら》の身振りをはじめると、それがなんとも見事な振りつけなので、みんな総立ちです。女はとりわけ物見高く、何もかも忘れて、「もっと、もっと」とせがんでは、終わるのを惜しがっている。この獅子舞いは、そこの一か所に集中して、おもしろい芸のありったけを尽くして見せます。

お夏は見ずして、独り幕（の中）に残りて、虫歯の痛むなど（といって）、少しなやむ風情に（つらそうな様子で）、袖枕取乱して（袖を枕にしどけなく）、帯はしやらほどけを（自然にほどけたのを）そのままに（して）、あまたのぬぎ替（着替えの）小袖を、つみ重ねたる物陰に、うつつなき（うとうとと）空鼾《そらいびき》（をかいているのも）心にくし。「かかる時、早業《はやわざ》の首尾もがな（すばやく思いをとげたら）」と気のつく事、町女房（素人の町女に）はまた（と）あるまじき粋様《すいさま》（粋なお人）である。

清十郎（は）、お夏ばかり残りおはしけるに心を付け（気がつき）、松むらむらとしげき（むらむらとおい茂っている）後道《うしろみち》よりまはりければ、お夏まねきて（抱き寄せ）、結髪《ゆいがみ》のほどくるもかまはず、物もいはず、両人鼻息せはしく、胸ばかりをどらして（どきどきさせて）、幕の人見（外を見るために付けてある穴）より目をはなさず、兄嫁こはく、［……］

お夏のはげしい求愛に応《こた》える清十郎。その恋のやりとり、接近行動が大きくクローズアップされます。とくに注目すべきは、「両人鼻息せはしく」という同調行動を示す表現です。二人は、ここでも互いに対等な関係にあります。

こうして、示し合わせて二人だけの世界をつくり、怖い兄嫁さえもみごとに撒《ま》いて、みんなが獅子舞いに興じているすきに、せわしい契りを結びます。ややあって、清十郎が幕の中から出てくるのを見るや、獅子舞いは面白い最中に、スパッと止めてしまいました。実はこの太神楽は、清十郎が前もって獅子舞いの太夫に金をやって、見物人をなるべく長く引きつけるよう巧《たく》んだものだったのです。恋を得るために人を謀《たばか》るのは、『五人女』のカップルすべてに共通する特徴的な行為といえるでしょう。

ちなみに、この野外での忍び逢いは、あまたのお夏・清十郎物文芸における唯一無二の趣向です。のちに近松の浄瑠璃『五十年忌歌念仏』（宝永四〈一七〇七〉）が蚊帳《かや》の契りにして以降、草双紙（通俗的な絵入り読み物）をはじめ、すべて室内になります。

駆け落ちの果て

こうなると、一緒にいたいという気持ちは、ますます高まる。まさに「乗りかかった舟」で、あとへは引けず、ついに駆け落ちを決行します。「清十郎、お夏を盗み出し」とあるのは、例の『伊勢物語』芥河《あくたがわ》のくだりをふまえた表現で、世間的には、むろん清十郎がかどわかしたことになる。しかし、この決断もまた合意のうえのことでした。それは清十郎の、「まず五十日ばかりは夜昼なしに、寝返りもせず寝ようものと、お夏と内々相談していたのに……」という言い分からもよく分かります。

ところが、思いがけない不運に祟《たた》られて、二人は追手に捕まり、その日から五十日は座敷牢に入れられ、つらい目にあいます。それでも彼は、「我が身のことはない物にして、お夏は、お夏は」と口走り、舌を歯に当て、幾度となく自殺しようとする。けれども、

まだお夏に名残《なごり》（未練）ありて、「今一度《ひとたび》、最期の別れに美形《びけい》を見る事もがな（見ることが

できないものか）」と、恥も人の謗《そし》りもわきまへず、男泣きとはこれぞかし。

清十郎の胸のうちは、今もお夏の魅力で満たされ、我を忘れて一途《いちず》に尽くす気持ちの、なおあふれていることが、まざまざと映し出されます。

お夏はどうでしょうか。

お夏も同じ嘆きにして、七日のうちは（神仏に願いをかけるため）断食にて、願状（祈願文）を書きて、室の明神へ命乞ひしたてまつりにけり。

清十郎が「我が身のことはない物にして」お夏を思いやるのと、お夏が同じように嘆き、断食してまで清十郎の命乞いをするのとは、ほとんど相互対等です。ひるがえって、二人は出会いの初めから対等な恋情を交わしていました。互いに引きつけ合うその仲らいを、もう一度確かめてみましょう。

・瞋恚《しんい》を互に燃やし、両方恋にせめられ、

・やうやう声を聞きあひけるを楽しみに、
・心の通ひ路に、
・両人鼻息せはしく、胸ばかりをどらして、
・（清十郎）我が身のことはない物にして、「お夏は、お夏は」と口走りて［……］。（お夏も）同じ嘆きにして、［……］

そのうえ、両者の行動はほとんど合意ずくです。それだけに、互いに与えているものと受け取っているものとが、ほぼ釣り合っているように見える。良い人間関係とは相互的な関係（対称的コミュニケーション）だといわれますが、お夏・清十郎の関係も、多くそのようにかたどられています。これこそが西鶴のつくりあげた新しい愛のかたちとして、すこぶる注目に値するところです。そして、それが法律や道徳を逸脱して（禁止的境界線を横断して）初めて可能になったということ、それもひとまず視野に入れておきましょう。

お夏の命乞いもむなしく、清十郎はあえなく処刑されて一命をおとします。お夏は毎夜「清十郎塚」に来てはその霊を弔い、やがて侍女たちの勧めに従って出家し、尊い尼姿となって周囲の人々に大きな感化を及ぼす。

このような推移を見るにつけ、北村透谷が『五十年忌歌念仏』のお夏の心情に三段階の進化を認めて述べた、次の一節が想い起こされます。

其《その》情は初《はじめ》に肉情《センシュアル》に起りたるにせよ、後《のち》に至《いたり》て立派なる情愛《アッフェクション》にうつり、果《はて》は極《きわめ》て神聖な恋愛《ラヴ》に迄進みぬ。

（『歌念仏』を読みて）

むろん透谷は、「恋愛」を精神的な関係を表す概念として用いているのですが、対等な恋情の交換といい、清十郎亡きあとの霊性にみちたいとなみといい、この物語のお夏も、たしかに「恋愛《ラヴ》」の領域にまで進んでいるのでは、と思えてきます。

第三章　おまん・源五兵衛

――恋の山源五兵衛物語

源五兵衛節

源五兵衛どこへ行く薩摩の山へ、高い山から谷底見れば、お万可愛いや布さらすえ源五兵衛

当時流行の「源五兵衛節」の原歌とされるものです。この「恋の山源五兵衛物語」は、その書き出しで、読者にまず「源五兵衛節」を想い出させます。

世に時花歌《はやりうた》（流行歌にうたわれている）、源五兵衛といへるは、薩摩の国鹿児島の者なりしが、かかる田舎《いなか》には稀《まれ》なる色好める男なり。

また、本文中に「お万可愛いや布さらすえ」をふまえた表現を用い、さらに次の類歌を引くなど、明らかに流行歌を一つのバネにしています。

源五兵衛どこへ行く、薩摩の山へ、鞘《さや》が三文、下げ緒《お》が二文、中は桧《ひのき》のあらけづり

いったい、「源五兵衛節」がいつからはやり出したのか、なかなか分かりませんが、この『五人女』刊行の十五年前には、すでに広くうたわれていました。たとえば『松平大和守《やまとのかみ》日記』の寛文十一（一六七一）年五月二十二日のくだりに次の記事があります。

参勤、此《この》道中にて、源五兵衛おまんといふうたをうたふ、うたの地はびろう（けがらわしくて失礼）なれば略之（之を略す）。

大和守直矩《なおのり》はまた、同年十月二十八日、江戸・木挽町《こびきちょう》の劇場で歌舞伎『源五兵衛』を観《み》ています。近世歌謡は、いわゆる座敷歌として遊里に発展する一方、踊り歌として劇場に進展し、ひいては庶民間に民謡的歌謡として行われましたから、その歌舞伎でうたわれたのは、おそらく踊り歌の「源五兵衛」でしょう。

明けて寛文十二年には、松尾芭蕉編『貝おほひ』が「源五兵衛節」の一節、「源五兵衛おとどの長脇差《わきざし》の、さやは三文、下緒《さげ》は二文」を記録しています。ですから大田南畝《おおたなんぽ》（『一話一言』巻四十五）が「寛文年中当世はやり物」として、この「源五兵衛節」を掲げたのも、容易にうなずけます。

流行はなお、寛文期を越えて、いよいよ波及していきます。

延宝年中に、源五兵衛どこへ行《ゆく》、薩摩の山へ、高い山から谷底見ればと云ふ小歌、日本国に渡り、上中下謡《うた》ひし［……］

（『古今犬著聞集』天和四〈一六八四〉序）

しかも、それにはとても多くの替え歌があったことは、歌謡集『淋敷《さびしき》座《ざ》之《の》慰《なぐさみ》』（延宝四〈一六七六〉成）でよく分かります。そこには、「山谷源五兵衛節品々」（A）として計九首、また「替り源五兵衛節品々」（B）として計六首、合わせて十五の替え歌がずらっと並んでいるのです。いまそれぞれ一首だけ挙げておきましょう。

A　源五兵衛どこへ行（く）、堺町の街へ、高い桟敷《さじき》から楽屋を見れば、役者かわいや骨折じやゑ源五兵衛

B　新すどこへ行く東《あずま》の方へ、高尾山から吉野山見れば、外山・勝山・香具山・唐崎・志賀の夕霧夕霧

さらに友悦《ゆうえつ》編の俳諧『それぞれ草』（延宝九〈一六八一〉跋）には次の発句が見えます。

秋の夜や源五べさいたる小歌ぶし　敦賀住　及心

こえて貞享三（一六八六）年正月、すなわち『五人女』刊行一ヶ月前の小説『好色三代男』（巻二の四）にも、小歌にうたわれた「源五兵衛にぬれしおまん」といった言い回しが見られます。

このように見てくると、このおまん・源五兵衛物語もお夏・清十郎物語同様、芝居や小説・俳諧に織り込まれて、なおうたい継がれているはやり歌を読者に連想させる一方、歌の力を借りて展開しようとしたことが分かります。ちなみに「源五兵衛節」は、以後も『諸《しょ》わけ姥桜《うばざくら》』（元禄五〈一六九二〉刊）や『好色後日《ごじつ》狐』（元禄年間〈一六八八～一七〇四〉刊）などの小説にもしばしば取り上げられている。こうしたなかで、とりわけ次の踊り歌は、西鶴の物語との違いを見るうえでもかなり興味深いので、ひとまず挙げておきます。

源五兵衛踊

高い山から谷底見れば、薩摩源五兵衛は目に立つ男、のほほんにほ、しやれた鬢付茶筅髪《びんつきちゃせんがみ》、寝て又起きても茶筅髪、ずんど窪《くぼ》んだ塗笠《ぬりがさ》、おまんはどこへ、播磨の明石へ、蛤《はまぐり》踏みに踏みに、蛤々踏みに、てぐりてぐりてぐり舟にの、此の舟に乗せた源五兵衛、きりりつと廻つて望んだ、播磨の明石へ、蛤踏みに踏みに、蛤々踏みに、てぐりてぐりてぐり舟に乗せた源五兵衛、一万八千宝蔵、えいえいやえいえい、代《よ》の栄え。（『落葉集』所収）

カップルの名を織り込み、やや物語風に色あげしているのが分かるでしょう。

さて、近現代のおまん・源五兵衛物は、お七やお夏のそれに比べれば確かに少ないのですが、それでも小説・戯曲類に次の四篇を見ることができます。

岡田八千代（戯曲）「おまん源吾《（ママ）》兵衛」『青鞜』大正二（一九一三）年九月
吉井勇（戯曲）「おまん源五兵衛」『太陽』大正四（一九一五）年十一月
藤原審爾「琉球屋おまん」『小説新潮』昭和三十二（一九五七）年九〜十月
藤本義一「連れ吹きおまん」『小説宝石』昭和四十九（一九七四）年五月

おまん源五兵衛事件

「源五兵衛節」が寛文末年（一六七〇年代初頭）からにわかに流行して、おまん・源五兵衛の一件が日本中に広まっていることは分かりましたが、ではいつごろの、どんな事件だったのか。そのいきさつを語るものはほとんどなく、わずか一言で伝えているのが「中興世話早見年代記《ちゅうこうせわはやみねんだいき》」（『伝奇作書《でんきさくしょ》後集《こうしゅう》』下巻所収）です。それには「（寛文）三　卯　さつま源五兵衛おまん心中」とあります。寛文三（一六六三）年の心中事件だというのですが、いわれるように本書には誤記が多く、しかも事件から百九十年後の記述とあっては、そう当てにはなりません。というのは、事件にかなり近い『松平大和守日記』（寛文十一〈一六七一〉年五月二十二日）でさえも、このように書かざるをえなかったからです。

源五兵衛まんも薩摩の国とも大坂の事と（「も」脱か）いふ。清十郎に似たる事か。兄弟おもひをかけ、さしちがひたるともいふ。又云《いう》源五兵衛子六衛門まん兄弟おもひさしちがひと云。備中《びっちゅう》の事云々《うんぬん》。

事件の中身はおろか、その場所さえも実にあいまいで諸説紛々《ふんぷん》、そのころすでに遠くかすんでいたようです。ただその時期については、「源五兵衛節」がまさに「寛文年中当世はやり物」であったこと、また近松の浄瑠璃『源五兵衛《おまん》薩摩歌』（宝永元〈一七〇四〉初演）も「寛文年《どし》のころか」と推定していることから、それはほぼ寛文初年ごろの出来事といってよいようです。

なにしろ二十余年前の遠方の事件で、事実も不確か、読者の記憶ももちろんあいまいとなれば、いきおい作者はほしいままに構想し、自在に趣向を立て、まったく独自の物語づくりに邁《まい》進《しん》しえたのです。源五兵衛の男色や出家・還俗《げんぞく》、あるいは若衆姿に変装して出家に迫るおまんの行状など、その最たるものでしょう。

「恋の山源五兵衛物語」のあらすじ

薩摩の国鹿児島の源五兵衛という男は今年二十六歳、明け暮れ男色にふけり、長年、中村八十郎という美少年と深く愛し合っていた。

ある夜、二人は源五兵衛の家の小座敷に閉じこもり、しめやかに横笛の合奏を楽しむ。そして、いつもよりは愛情を込めて語り合い、うちとけて同じ枕に共寝した。明け方、八十郎は身に痛みを覚えて源五兵衛を起こし、「今夜限り……はかりがたいのは人の命です」と、いいも

源五兵衛と若衆八十郎の横笛合奏の場景。右面は、盃を運ぶ腰元。

終わらぬうちに脈が絶え、ついに死に別れとなった。

知らせを受けた八十郎の両親も限りなく嘆くが、しかたなく諦めて、萌え出る草の片陰に葬った。源五兵衛はこの塚に来て泣き伏し、「せめて三年は菩提《ぼだい》を弔って、その後、八十郎の命日に必ずここで死のう」と墓前で髷《まげ》を切り、西園寺で出家する。

やがてお盆を迎えるが、寺でも借金取りの声がやかましく、盆踊りの太鼓の音が響きわたるので、そこもまた嫌になって、一度高野山へお参りしようと思い立ち、七月十五日、涙ながらに故郷をあとにする（第一章「連吹《つれぶ》きの笛竹《ふえだけ》息の哀れや」）。


とある村はずれの野原にさしかかると、刺《さ》し竿《ざお》で渡り鳥を捕ろうとしている十五、六の美少年に出会う。出家の身を忘れて、その美貌に見とれていたが、一羽も捕れないので、見かねた源五兵衛はその竿を借り、片肌ぬいでどっさり捕ってやる。少年は喜び、源五兵衛の身の上を尋ねる。一部始終を語ると涙ぐみ、「私の家へお泊まりください」といって、森の中のきれいな館《やかた》へ案内する。そこで手あついもてなしをうけ、しみじみ語り合い、いつとなく衆道の契りを結ぶ。

翌朝、「高野山の帰りに会おう」と約束して別れる。村人に訊《き》くと、そこは代官の館であっ

出家した源五兵衛、高野山参詣の途次、鳥刺しの美少年に出会う。

た。源五兵衛は若衆のことを思いつづけて、いっこうに道もはかどらない。やっと高野山に登ったものの奥の院にはお参りせず、すぐまた国元に引きかえした。かの代官邸を訪ねると、若衆が同じ姿で出迎えてくれた。その夜は積もる話をしているうちに、旅の疲れで眠り込んでしまう。

　夜が明けて、若衆の父親に咎《とが》められ、いきさつを話したところ、なんと昨夜の若衆は、二十日ほど前に急死したばかりの、その亡霊だったことが分かる。わずかの間に若衆を二人も失うという憂《う》き目を見て、源五兵衛は悲嘆にくれる（第二章「もろきは命の鳥刺《とりさし》」）。

　源五兵衛は若衆二人を死なせたあと、感心にも人里はなれた山陰に草庵を結び、ひたすら彼らの極楽往生を願って、色事はぷっつりと絶っていた。

　そのころ、鹿児島・浜の町の琉球屋におまんという娘があった。年は十六、生まれつき美しく、気立てもやさしく、一目見て思いをかけない者はないほどだった。この女が去年の春から源五兵衛に惚れ込み、しきりに恋文を送ったが、女を見限った源五兵衛からは何の返事もない。おまんはひどく悲しみ、明け暮れそのことばかり思いつめ、よそからの縁談をうるさがっては仮病をつかってやりすごしていた。

あるとき、源五兵衛が出家したと聞くや、「一度この恨みをいわないでは」と決意し、ひそかに若衆姿に変装して、彼のいる山中に分け入る。たどり着いて、やっと草庵に忍び込んだものの肝心の主《あるじ》がいない。書見台《しょけんだい》にのっている本を覗いてみると、なんと衆道の根本原理を書きつくしたものだった。

真夜中に帰って来た源五兵衛を見ると、両脇の二人の若衆に恋慕されて悩んでいる様子。そこへおまんが出て行くと、驚いた若衆たちはパッと消え失せる。おまんは浮気な源五兵衛を恨みながらも、「私をお見捨てくださるな」とくどく。すると源五兵衛は、「実は、あの二人は亡霊なのだ」と明かして、はやくも若衆姿のおまんに戯《たわむ》れかかるのだった（第三章「衆道は両の手に散る花」）。

「私は出家するとき、女色の道はきっぱり思い切りますと、仏様にお誓いしましたが、男色だけはお許しくださいと、お断りしておきましたから……」などと迫ってくるので、おまんはおかしさをこらえて、「決して裏切らない、という御誓文をいただいたうえで、いっそのこと来世までの契りを結びましょう」と持ちかける。すると源五兵衛はうかうかと誓紙を書き、そしてたちまち息づかいを荒くして、おまんの身体を愛撫しはじめた。だが、よくよく女らしい

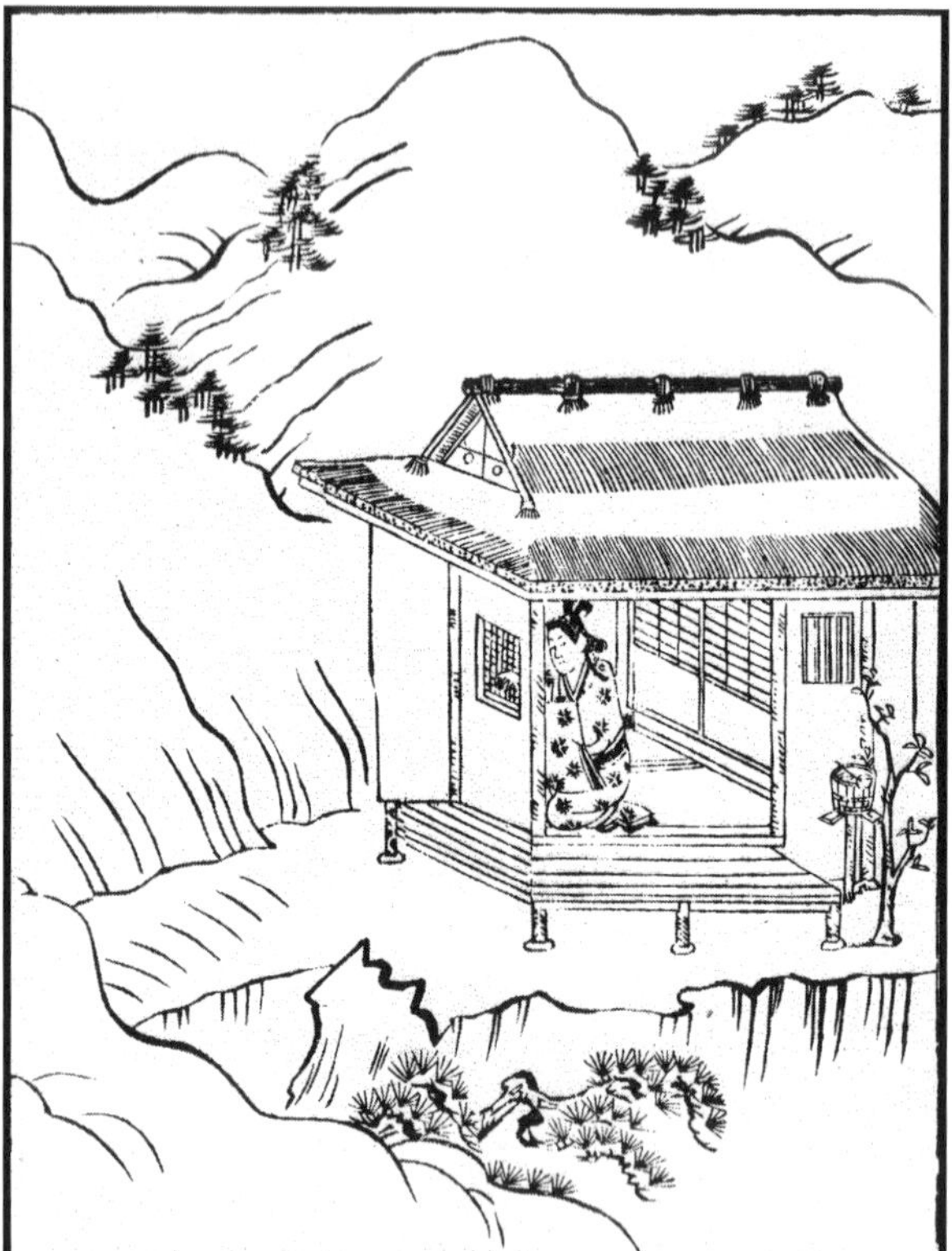

おまんが忍び込んだ源五兵衛草庵の場景。左面では、源五兵衛が若衆二人の亡霊に責めさいなまれている。(第三章の挿絵)

ので肝《きも》をつぶし、あきれはててしまう。逃げようとする源五兵衛を引きとめて、おまんはすかさず身分を明かし、恋ごころを訴える。とたんに源五兵衛はたわいもなくなり、「恋に男色・女色のへだてはないものじゃ」といい、あさましく取り乱してしまう。人の心は実に移り気なものだ（第四章「情はあちらこちらの違ひ」）。

源五兵衛は還俗《げんぞく》（一度出家した者が再び俗人にかえること）して、翌年の二月はじめごろ、二人は鹿児島の町はずれに小さな板葺《ぶ》きの小屋を借り、人目を忍んで暮らすことになった。だが、世渡りのすべもないので、源五兵衛は両替屋をしていた親の家に行ってみると、すでに人手に渡っていて、軒には味噌屋の看板がかかっている。見知らぬ男に親のことを訊《き》くと、「色好みの馬鹿息子のために落ちぶれたのだ」といわれて恥ずかしくなり、ようよう家に帰った。夜になっても灯もともせず、朝の薪《たきぎ》もない。同じ枕を並べて寝ても、睦言《むつごと》の種もないありさまである。

二人で相談のうえ、源五兵衛は都で見覚えた芝居を種にして、恋の虜《とりこ》になった男の物真似をすることになった。おまんは、「高い山から谷底見れば、おまんかわいや布さらす」と歌いながら、布さらしの踊りをおどって、かつかつ暮らしを立てていた。二人はしだいにやつれ落

おまん・源五兵衛、大道芸の場景。おまんは布さらし踊り、源五兵衛は役者の物真似で暮らしを立てた。

おまんの実家を譲られた源五兵衛の蔵開きの場景。入口に大判・小判の金箱や銀箱、人魚の塩干しなどが見える。

ちぶれて、あわや今日が最期か、というとき、おまんの行方を尋ねあぐんでいた両親が、やっと探し当ててやって来た。

喜ぶこと限りなく、「とにかく娘の好いた男だから、一緒にしてやって、この家をゆずろう」と二人を迎え、全部で三百八十三の鍵を源五兵衛にゆずり渡した。吉日を選んで蔵開きをしてみると、金・銀・珊瑚や青磁・茶壺などの名物道具その他、この世の宝物でここにないものはないありさま。源五兵衛は感きわまって、なんとも複雑な気分である。自分一代では、とても使いきれまい。なんとか使い減らしたいが、どう考えても良い思案が浮かばない。これはいったい、どうしたものであろう（第五章「金銀も持ちあまつて迷惑」）。

男色《なんしょく》（衆道）とは何か

男色とは、いったい何だったのか。すでに八百屋お七の恋人・吉三郎のそれについては一応触れておきましたが、ここではもっと広く、その歴史的文化的な背景にさかのぼって確かめてみます。やや遠まわりになりますが、源五兵衛の男色についてはもちろん、おまんの恋の異様さを理解するには、どうしても必要だからです。

源五兵衛は、端《はな》から同性愛者として登場します。

明暮《あけくれ》、若道《じゃくどう》に身をなし（男色にふけり）、よわよわとしたる髪長《かみなが》の戯れ（女色は）、一生知らずして、今ははや、二十六歳の春とぞなりける。

「若道《じゃくどう》」は「若衆道《わかしゅどう》」を略して音読した語で、呉音で読んで「にゃくどう」ともいいます。若衆すなわち美少年を愛することです。この物語では、ほかに「衆道」（「若衆道」の略）や「美道」「男色」を用いていますが、それ以外にも「男道」「恋道」「密道」「色道」「若色」「若恋」「若契」「念契」など、実に多様な言い方があります。

「若道《にゃくどう》」という用語は、天文十七（一五四八）年の辞書『運歩色葉集《うんぽいろはしゅう》』にすでに見えますが、男色に型を与えて「――道」と呼ぶようになるのは、江戸時代に入ってからです。華道・茶道あるいは武道などと同様に、男色という男同士の性的欲望を美的に様式化し儀礼化することによって、洗練された人工的な型の中で、それをスマートに満足させようとしたのです。

では、男色の美学、衆道の規範とは、いったい何でしょうか。たとえば『心友記』（寛永二〇〈一六四三〉刊）によると、礼節・正直・勇気・謙譲・無欲・克己・孝行・慈悲などの「義理」がその中心です。西鶴の『男色大鑑《なんしょくおおかがみ》』（貞享四〈一六八七〉刊）では、さらに誠実で名誉を重んじ、優しい思いやりと風雅の心をもち、ことに約束や信義は命をかけても守り、いさぎよく死をもいとわないことなどが強調されます。いずれも単なる愛欲ではなく、武士道を中心とする精神的価値に重きを置いているのです。欲望にこのような運河（道）を用意し、理想を与えたのが衆道といってよいでしょう。

男色の文化史

もともと男色は、古代ギリシャやローマ・インド・中国などにおいては、むしろありふれた性習俗でした。日本においてもそれは、奈良・平安時代の貴族や僧侶の社会から鎌倉・室町時代の武家社会へ、そして江戸時代の庶民社会へと広がるにつれて、変質はしたものの連綿とつづいた風習でした。

男色は中国最古の歴史記録の『書経』にすでに見えますが、わが国では『日本書紀』巻九（神功《じんぐう》皇后紀）の小竹祝《しぬのはふり》・天野祝《あまののはふり》の行為が最古の例と伝えられています。小竹祝の病死に号泣《ごうきゅう》した天野祝が屍《かばね》の側に伏して、後追い心中をしたというものです。以後、『万葉集』の大伴家持と藤原久須麻呂《くずまろ》、『伊勢物語』（四十六段）の在原業平と真雅僧都《しんがそうず》、『源氏物語』（帚木・空蟬の巻）の光源氏と小君《こぎみ》などが、それぞれ男色の例としてよく引かれます。

日本の男色は、いわば少年愛の歴史ですが、わけて寺院はたいてい山の上に建てられ、女性を遠ざけ、大陸の寺院の制度にならって少年を置きましたから、おのずとその風習が浸透していました。いわゆる児小姓《ちごこしょう》です。それが宮廷社会にも及んで、たとえば醍醐天皇（八八五〜九三〇）や白河院（一〇五三〜一一二九）、鳥羽院（一一〇三〜一一五六）らは、ことさら美童を愛好したといわれます。なお僧侶の男色が初めて登場するのは、平安中期の『往生要集《おうじょうようしゅう》』（九八五年成立）で、そこでは地獄堕《お》ちの「邪行《じゃこう》」として、否定的に捉えられています。すなわち「男の、男において邪行を行ぜし者、ここに堕ちて苦を受く」と。

中世からは武士が戦場に美少年を伴うようになる一方、足利幕府では将軍の近習として、児小姓の制度を確立しています。ことに三代将軍・義満（一三五八〜一四〇八）は、多くの美少年を寵愛したことで知られている。なかでも義満と世阿弥（幼名・藤若）の男色関係が芸能の発展に多大な影響をもたらしたことは、かなりよく知られています。

戦国時代には、多くの有力大名が小姓を男色の相手としたことも、またよく知られています。織田信長と森蘭丸、武田信玄と高坂昌信、伊達政宗と片倉重長、上杉景勝と清野長範などがとくに有名です。さらにまた、のちの徳川家康・秀忠・家光らも寵童では名高い存在です。そしてそれは、やがて一般武士の間にまで行きわたりました。

若衆と念者の床の語らい（『色物語』）

近世になると、その影響が町人階級にも及び、主に歌舞伎若衆を相手とする「陰間《かげま》」（宴席に侍《はべ》り男色を売った少年）の風習も盛んになります。もっとも流行したのが元禄時代で、それ以降、若衆を呼ぶ色茶屋（陰間茶屋）が各地にオープンしている。『江戸男色細見』（明和元〈一七六四〉刊）によると、江戸では葺屋《ふきや》町・芳町・堺町・木挽《こびき》町・湯島天神・芝神明前《しばしんめいまえ》など計十ヶ所に二百三十人、また京都・宮川町に八十人余、大坂・道頓堀に約五十人の陰間がいました。とうに男色は日常的な習俗で、当時のふつうの男性にとって、美少年は美女と同じくらい浮き浮きする性的対象だったのです。

男色の浸透につれて、それは武士道や文芸・歌舞伎など時代文化を彩《いろど》る重要な要素となりました。その一つとして、いわゆる男色物がぞくぞく刊行されています。『若衆物語』（慶長末〈一六一四頃〉刊）、『藻屑《もくず》物語』（寛永一七〈一六四〇〉刊）、『心友記』（既出）、『田夫物語』（寛永年間〈一六二四〜四四〉成）、『催情記《さいせいき》』（明暦三〈一六五七〉刊）、『男色義理物語』（『藻屑物語』の改作、〈一六六一〉刊）、『色物語』（寛文年間〈一六六一〜七三〉刊）、『男色十寸鏡《ますかがみ》』（貞享四〈一六八七〉序）、『男色大鑑』（既出）などがそれです。

「美童文化」批判

このように見てくると、日本には「美童社会」あるいは「美童文化」ともいうべき風習があったとする説は、必ずしも大仰ではなく、むしろにわかに真実味を帯びてきます。

それは、当時わが国を訪れた外国人の証言を繙《ひもと》くと、いっそう明らかになる。たとえばイタリア人宣教師ヴァリニャーノは、天正十一（一五八三）年の『日本巡察記』でこう述べています。

彼等に見受けられる第一の悪は色欲上の罪に耽《ふけ》ること［……］。最悪の罪悪は、この色欲の中でももっとも堕落したものであって、これを口にするに堪《た》えない。彼等はそれを重大なこととは考えていないから、若衆たちも、関係のある相手もこれを誇りとし、公然と口にし、隠蔽しようとはしない。

また、長崎・出島のオランダ商館付きの医師ケンペルは、元禄四（一六九一）年の江戸参府旅行の途中、駿河国清見村の街道沿いで、一列に静座した十歳から十二歳までの少年たちを見て、次のように記しました。

彼らは婦人の姿をし、銭を払えば、神にそむくいやらしいやり方で、通りすがりの好色家の思いのままになった。

(『江戸参府旅行日記』)

ヴァリニャーノもケンペルも、同性同士の性的関係を禁じたキリスト教の戒律に照らして、このようにいったのですが、実際に西欧諸国では二十世紀の前半まで、同性愛者は法律によって取り締まられるところが多かったといいます。

それはキリスト教徒ばかりではありません。享保四(一七一九)年に朝鮮通信使の一員として来日した申維翰《シンユハン》は、応接した雨森芳洲《あめのもりほうしゅう》に「貴国の俗は奇怪きわまわる」として、次のように述べたそうです。

日本の男娼の艶は、女色に倍する。[……]国君をはじめ、富豪、庶人でも、みな財をつぎこんでこれを蓄え、坐臥《ざが》出入のときは必ず随《したが》わせ、耽溺《たんでき》して飽くことがない。

(姜在彦《カンジュオン》訳注『海游録《かいゆうろく》』)

当時の日本は、どうやら想像を絶するほどの「美童社会」だったことが、よりあらわに見えてきました。

では、江戸時代には一つの文化だった男色が、近代になるとなぜ変態視されるようになったのか。たとえば、武藤直治の『変態社会史』（大正一五〈一九二六〉刊）は、「男色といふ特殊な変態的の習慣」と規定しているのです。

よく知られているように、明治以後、近代化（西洋化）の進むなかで、しだいにキリスト教の思想が浸透していきます。キリスト教の影響下にある西洋の文化では、聖書が出産を伴わない性行為を禁じたことから、同性愛は異常視されていました。しかも近代以降、異性愛と同性愛の区分けが絶対となるにつれて、「正常な異性愛者と異常な同性愛者」という二分法的な人間分類が行われるようになります。その結果、同性愛はことさら異端視され病理化されて、差別の対象ともなりました。

それでいて、明治期以降も男色のつづいていたことは、丹《たん》尾《お》安典《やすのり》の近著『男色の景色』がかなり詳しく伝えています。ことに明治期の学生間では、むしろ一般的な風習だったというのです。

源五兵衛の男色

ずいぶん遠まわりしましたが、ここで本題に立ち戻ります。

元禄・宝永（一六八八～一七一〇）のころまでは、まだ武家社会の気風が保たれていましたから、いわゆる念契《ねんけい》（男色の上の約束）による兄弟の信義がとりわけ美化されることになります。たとえば『風流比翼鳥』（宝永四〈一七〇七〉刊）は、「信義ある恋は男色にとどめたり」（真心のある恋は男色しかない）などと、しばしば強調している。男色が高貴で女色が卑しいとされる風潮は、こういう時代の好尚《こうしょう》といえます。そのうえ、この「源五兵衛物語」は、男色絶頂期といわれる五代将軍綱吉の時代（延宝八〈一六八〇〉～宝永六〈一七〇九〉）のまっただなかで書かれたものです。

それ以上に、薩摩は中世いらい武を尊ぶ所で、しかも衆道のメッカとさえいわれる土地柄でした。薩摩の青少年の間では、武士の男色を描いた物語、『賤《しず》のをだまき』がバイブルのように読まれたといいます。「源五兵衛物語」は、むろん西鶴のフィクションですが、町人（両替屋）の息子ながら、「長脇差もすぐれて目立つなれども、国風俗、これをも人の許しける。明《あけ》暮《くれ》、若道《じゃくどう》に身をなし」、女嫌い、という源五兵衛の造形はそういう時代文化から生み出されたものでもあったのです。

では、源五兵衛の男色は、その理想をどれほど体現しているのでしょうか。

第一は、パートナーがかくべつ美少年であることです。一般に、同性愛の男性はパートナーの若さと容姿をきわめて重視することが知られています。セクシーに見えることが大事なのです。

最初の中村八十郎の容姿は、さてどうでしょうか。まずは「世にまたとないほどの美少年で、たとえていえば一重《ひとえ》の初桜が半《なか》ば開いて、花が物をいうかと思われる独特の風情」です。源五兵衛はたまらなくいとしく、命がけで深く愛し、「八十郎の前髪がいつまでも変わらずにあってほしい」と、ひたすら願います。まさに「時よ止まれ、若さよ永遠に」です。「前髪」は若衆のいのちですが、元服すれば剃り落とします。その年齢は決まってはいませんが、だいたい十代の後半だったようです。

二人目の若衆は「十五か六か、七まではなるまいと思われる」、土地の代官の御曹子《おんぞうし》。しかも「世の中にこんな美少年がいるものか、年ごろは亡くなった八十郎と同じくらいだが、美しさはそれ以上」でした。すなわち、「水色の袷帷子《あわせかたびら》(裏地つきのひとえもの)の中幅帯をしめ、金鍔《きんつば》の脇差《わきざし》一本、髪はむぞうさに茶筅《ちゃせん》(髷《まげ》を元結《もとゆ》いで結び、髪先を茶筅の形にした髪型)にたばね、その豊満な美しさは女のようである」。源五兵衛が思わず見とれたのは、ほかならぬこの若さ、この容姿だったのです。

男色の理想の第二は、女性との関係です。源五兵衛はまず、引っ切りなしのおまんの恋文攻めをかたくなに撥《は》ねつけます。お夏の恋文攻勢になびいた清十郎とは、そこが違うところです。

この女、過ぎし年（去年）の春より、源五兵衛（の）男盛りをなづみて（惚れ込んで）、数々の文に気を悩み（せつない思いを書きつづり）、人知れぬ便りに遣はしけるに、源五兵衛、一生女を見限り、かりそめの返事もせざるを悲しみ、明暮《あけくれ》、これのみにて日数《ひかず》を送りぬ。

そもそも念者（兄分）は、女性にいっさい振り向かぬことになっていました。それはたとえば、『男色十寸鏡《ますかがみ》』（貞享四〈一六八七〉刊）が、「縦令《たとえ》はだぶれずしても女にたはぶれ、手などをにぎりなどするは、さりとては衆道の冥加にもつきぬ（神仏に見放される）べき也」というとおりです。女からどんなにいい寄られても衆道の意気地をつらぬき、耳を貸さない。女からの手紙は間違っても手に取らない。源五兵衛の拒絶は、それを表しているのです。

第三は、風流心を忘れず、つねに高度な品格を保つ姿勢です。ある雨の夜、源五兵衛は長年愛してきた中村八十郎とただ二人、小座敷に閉じこもり、しんみりと横笛の合奏をします。

　連吹《つれぶ》きの横笛（の音も、今夜は）さらに又しめやかに、物（笛）の音（色）も折にふれては（時によっては）哀れさも一入《ひとしお》なり（常よりいっそう哀れ深いものだ）。窓より通ふ（吹き込む）嵐は、梅が薫りをつれて（きて、八十郎の）振袖に移り、呉竹《くれたけ》の（嵐に）そよぐに、寝鳥（ねぐらの鳥が）騒ぎて、飛交《とびか》ふ（羽の）音《ね》も悲しかりき（哀れであった）。

こうして源五兵衛は人生のひととき、俗をはなれてみやびた経験を分かち合う風雅人となりえています。

第四は、自分に思いをかける人への優しい心です。

　笛も吹きをはりて、いつ（も）よりは情《なさけ》らしく（情愛深く）、うちまかせたる姿して（身をまかせきったような姿で）、心よく語りし言葉に、ひとつひとつ品替りて（趣を替えて）恋（心）をふくませ、さりとは（それはそれは）いとしさ増《まさ》りて、浮世《うきよ》外《ほか》なる（この世では叶《かな》えられない）欲心出来て、「八十郎（の）形の、いつまでもかはらで、前髪あれかし」とぞ思ふ。

ところが、その夜明けに八十郎は、「ままならないのはこの世、はかりがたいのは人の命です」と、いいも終わらないうちに脈が絶え、二人はあえなく死に別れとなりました。衆道のもとも中心的な精神は、男と男の命をかけた契りにありますが、八十郎こそ「はじめより、命を捨てて浅からず念友（衆道の交わりを）せし」、またとない美少年でした。いざというときは命さえもかえりみず、そして最後は現世を捨てて仏道に入信する、それを最高の美とするのが衆道の精神です。たとえば『色物語』は、仏道・衆道はさながら車の両輪のごとく、悟りをひらくたすけとなるといい、悟りに至る必要条件としての男色を高く評価しています。

そこで第五は、出家です。出家した源五兵衛は、八十郎の極楽往生を一心に祈ります。

源五兵衛、この（八十郎を葬った）塚に（泣き）伏し沈みて悔《くや》めども、命捨つべきより外《ほか》なく、とやかく物思ひしが（あれこれ思い悩んだあげく）、「さてもさてももろき人かな。せめてはこの跡、三年《みとせ》は弔《とむら》ひて、月も日も又今日（命日）にあたる時、必ずここに来て、露命と定むべき物を（露のようにはかない命と思い定めて死のう）」と、野墓よりすぐに髻《もとどり》（髪を頭の頂《いただき》に束ねた部分を）切りて、西円寺といへる（寺の）長老（住職）に始めを語り、心からの出家となりて、夏中《げちゅう》（四月十六日から七月十五日までの特別修行期間）は毎日（仏へ）の花を摘み、香を絶えさず、八十郎菩提《ぼだい》をとひて（弔って）、夢のごとく、その秋にもなりぬ。

男色の浮世ばなれの傾向は、つきつめると浮世からの永遠の離脱、死の方向へとつき進むということが、ここに鋭く打ち出されている。例の『男色大鑑』を見ると、出家した男色者のエピソードが幾らもあります。

源五兵衛はまた、高野参りの途次《とじ》に契った第二の若衆にも死なれて、人里はなれた山陰に草庵を結び、ひたすら仏道修行に励み、色恋の道はぷっつり断ち切ることになります。

源五兵衛入道は、若衆ふたりまであへなき憂目《うきめ》を見て（はかない最期をとげるという悲しい目にあって）、誠なる心から、片山陰に草庵を引結《ひきむす》び、後の世ばかり願ひ、色道かつて止《や》めしは、さらに殊勝さ限りなし（このうえなく感心なことであった）。

こうして見ると、源五兵衛の美少年愛や女性嫌い、風流心、優しさ、そして出家など、ぜんたい衆道の理想を色濃く体現したものであることが、あらためてよく分かります。

奇想天外おまんの恋

おまんが十六歳のたいへん魅力的な町娘として登場するところは、お七やお夏の場合とまったく同様です。

その頃又、薩摩潟浜の町といふ所に、琉球屋のなにがしが娘、おまんといへるありけり。年の程、十六夜《いざよい》の月をもそねむ（妬《ねた》む）生《うま》れ付き、心ざしもやさしく、恋のただ中（恋に絶好の美しい最中）、見し人、思ひ掛けざるはなし。

さきに見たように、おまんは去年の春から美男の源五兵衛に惚れ込み、せつない思いを込めて、これまでたびたび恋文を送りましたが、ついに一度の返事もない。それを悲しみ、そればかり思いつめて暮らしていました。このような強い固執性を帯びた男選びもまた、お夏のそれによく似ています。心理学でいう、一種の「憑執《ひょうしつ》傾向」です。

とやかく思ううちに、恋人は、なんと出家してしまいました。だが、ここからが他のヒロインたちとは決定的に違うところです。出家への冒瀆《ぼうとく》（おかしけがすこと）という仏教の禁忌《タブー》に、あえて挑んでいくからです。僧への冒瀆を戒《いまし》める説話や言説は、むろん古代から数多く見られます。僧侶を夫としてはならない（後宇多天皇の宣旨）、あるいは女は出家所へ出入りしてはならない（『塵芥集《じんかいしゅう》』天文五〈一五三六〉成）という類《たぐい》がそれです。僧をたぶらかす女は、いきおい「悪女」となります。「悪女」の罪と罰については、「安珍清姫《あんちんきよひめ》」で有名な道成寺《どうじょうじ》説話に明らかです。能や歌舞伎・浄瑠璃・小説・絵巻等に取り入れられて、広く世に知れわたった話ですが、要は女性の攻撃的な欲望が僧に向けられるとき、結果は最悪になるというものです。とりわけ『大仏之縁起』（天和元〈一六八一〉写）は、「悪女」への制裁の烈《はげ》しさにおいて、それこそ群を抜いています。

清僧ヲ落シタル女ハ、倒《サカサマ》ニシバリ付テ、ノコギリニテ、股《マタ》ヨリ頂《（いただき）》マデ切破也《（きりわるなり）》。

まさに一刀両断の断罪ですが、なべて僧の立場をみだりにけがし誘惑してはならないとするのです。

熱い親和欲求

しかし、おまんの熱情は、それにたじろぐどころか、かえって燃えさかります。しかもその奇態《きたい》な激情にかけては、お七やお夏の比ではありません。第一、源五兵衛が出家したと聞いただけで、若衆に変装して、ひとり山中深く逢いに行く始末です。

「是非、それに尋ね行きて、一度《ひとたび》この恨みをいはでは」と思ひ立つを（思い立って家出するのを）（この）世の別れと、人々に深くかくして、（髪を）自《みずか》らよき程に切りて中剃《ちゅうぞり》して（前髪は残し、頭の中ほどを剃り）、衣類もかねての用意にや、まんまと若衆に変りて忍びて行く［……］

やっと庵《いおり》にたどり着いて、あたりを見まわしますが、源五兵衛はあいにく留守でした。そこで、あえて庵に忍び込んだのです。

その人のお帰りを待侘《まちわ》びしに、程なく暮れて、文字も見えがたく、灯火の便りもなくて次第に淋しく、独り、明かしぬ。これ恋なればこそ、かくは居にけり。

真夜中と思われるころ、かすかな松明《たいまつ》の火をたよりに、源五兵衛が帰って来る。やれうれしや、と見るとき、やおら枯葉の荻の茂みの中から、上品な若衆が二人現れます。源五兵衛は両人の恋情にやるせなく責めさいなまれ、悶々とのぼせて悲しそうです。おまんは哀れにも興ざめして、「なんて気の多いお方じゃ」と、ちょっと嫌な気分になります。

されども、「思ひ込みし恋なれば、このまま置くべきにもあらず（引きさがるわけにはいかない）、我も一通り心の程を申しほどきてなん（思いのたけを打ち明けよう）」と、立ち出《いず》れば、この面影に驚き、二人の若衆姿の消えて［……］

この若衆こそ、さきに亡くした美少年の亡霊だったのです。

おまんの親和欲求は、たび重なる困難にもめげず、いよいよエスカレートしていきます。

繰り出す謀《たばか》り

おまんの熱愛は、いきおい謀りとなって現れます。恋を得るために謀るのは、すでに触れたように、『五人女』のカップルにほとんど共通の傾きなのですが、違うのは、おまんが端《はな》から一途で、しかも途徹《とてつ》もないところです。謀りの水準は、がぜん上がります。そもそも十五の春に源五兵衛に惚れてからというもの、明けても暮れても彼のことを思いつめて日を送ってきました。謀りは、早くも繰り出されます。

外《ほか》より縁のいへるをうたてく（よそから縁談をいってくるのをうるさがって）、思ひの外なる作病《さくびょう》して（思いもよらぬ仮病を使って）、人の嫌ふうは言などいひて、正《まさ》しく乱人《らんじん》（狂人）とは見えける。

まるで熱に浮かされたように、仮病を使っての「うは言」です。次いでは若衆に変装しての山入り。そして思いのたけを打ち明けようとして、おまんはどうしたか。

源五兵衛入道、不思議たちて（不思議がって）、「いかなる児人様《しょうじん》ぞ（あなたはどういうお若衆です）」と、言葉を掛ければ、おまん聞きもあへず（すっかり聞き終わらぬうちに）、「我《われ》事《こと》、見え渡りたる通りの若衆を少し立て申す。かねがね御法師様の御事（うわさを）聞伝《きき》へ、身を捨《すて》て、これまで忍びしが、さりとは（それにしては）あまたの心入れ（ずいぶん気の多いお方）、それとも知らず、せつかく気運びし甲斐もなし（思いつめた甲斐もありません）、思はく違ひ（見込み違いをいたしました）」と恨みける［……］

恨み言《ごと》に感激した源五兵衛は、「これはありがたいおこころざしです」と、はや浮気心をおこします。すかさず、「私をお見捨てくださるな」といえば、源五兵衛は感涙を流し、「出家の身になっても、衆道ばかりは捨てられません」といい出す。さらには、「私をふびんと思い、ここまでお訪ねくださったほどのお情けがあるからには、末永くお見捨てくださるな」とばかり戯れかかる。すると、ただちにおまんは、どんなことがあっても心変わりはしない、という誓紙を書かせます。そのうえで、源五兵衛がおずおず背中から腰へ手を回してきたとき、おまんはどうしたか。

折節《おりふし》を見合せ、空寝《そら》入りをすれば、入道、せき心になつて、耳を弄《いら》ふ（いじる）。おまん片足もたせば、緋縮緬《ひぢりめん》の二布物《ふたのもの》（腰巻）に肝（を）つぶして、気をつけて見る程、顔ばせ柔らかにして女めきしに、入道あきれはててしばしは詞《ことば》もなく［……］

起き上がって逃げようとするのを引きとめ、さきの誓紙をかざして迫ります。そして、ようやく「琉球屋のおまん」を名のり、なおも恋情を吐いてはげしく呼びかけ、ついにめでたく結ばれたのです。

仮病を使ってはうわ言をいい、若衆に扮しては誓紙を取り、共寝に及んで空寝入り。熱愛ゆえの謀りは、まさに途方もないものでした。

協同の相愛関係

たがいに家を捨てた同士が人目をしのんで、ようやく一緒になれました。けれども、世渡りのすべもない二人は、たちまち暮らしに行きづまります。そのとき、どうやってそれを打開しようとしたか。

互《たがい》に世を渡る業《わざ》（仕事）とて、都にて見覚えし芝居事（が）種となりて、俄《にわか》に顔を作り髭《ひげ》（をかき）、恋の（とりこになった）奴《やっこ》の物真似、嵐三右衛門が生き写し、「やっこの、やつこの」とは歌へども、腰定めかね（ふらつき）、「源五兵衛どこへ行く、薩摩の山へ、鞘《さや》が三文、下《さ》げ緒《お》が二文、中は桧木《ひのき》の（荒けずり）」と荒けなき（荒っぽい）声して、里々の子供をすかしぬ（機嫌をとって歩いた）。おまんは、晒布《さらしぬの》の狂言《きょうげん》綺語《きぎょ》に身をなし（「高い山から谷底見れば、おまん可愛や布晒す」という布晒しの歌と踊りに身を入れて）、露の世を送りぬ（露のようにはかないこの世に、たよりない生活をしていた）。

まずは「互に」相談のうえ、ともに大道芸人となります。源五兵衛は大坂の名優・嵐三右衛門の物真似をし、おまんはおまんで布晒しの歌と踊りに打ち込む。まさに合意のうえで、対等かつ対称的な共同作業に励んだのです。それでもこんな始末です。

恋にやつす身（恋に身をおとした者は）、人をも恥ぢらへず（人目も恥じなくなるもので）、次第にやつれて、昔の形（面影）はなかりし［……］

二人は、まったく不運を共有する仲らいです。ここにも、お七・吉三郎やお夏・清十郎らと同様、対等な主体間の相愛関係を見ることができるでしょう。それこそが運命共同体としての夫婦関係を持続させようとして、ともに育てた愛のかたちなのです。

第四章　おさん・茂右衛門

――中段に見る暦屋物語

おさんの魅力

おさんは、大経師に美貌を見こまれて嫁ぎ、与えられた境遇に安住してきた女である。茂右衛門との関係は、彼女が初めて自分で選んだ、しかも「死出の旅路」を覚悟した上での結びつきだった。思わぬきっかけから、初めて自覚的に女のいのちを精いっぱい燃やし、愛欲にめざめて生に執着がつのる女心が、この小説の後半でみごとにえがかれていく。

相手の茂右衛門も、それまで実直一途でソロバンを枕に寝ていたような若い手代である。初めて知った男女ののっぴきならない情熱に、何もかもかなぐり捨てて惑溺《わくでき》するなりゆきがリアルで、偽装心中して生きのびよう、とおさんに駆落ちをもちかけるあたりにも生ま身の人間臭さが横溢《おういつ》している。

（『「好色五人女」「堀川波鼓」を旅しよう』）

こう述べたのは岩橋邦枝です。そして「小説の後半」とは、丹波への駆け落ち・逃避行を指します。なかでも、「うれしや、命にかへての男ぢやもの」——おさんのこの肉声が、初めて読んだときから焼きついて離れない、西鶴の書いた名せりふだという。「男へかける恋慕ひとすじになり、愛欲にすがって力をとり戻す女の、生ま生ましくも哀切な肉声が、じかに響いて

ンです。

同じく、この道行き場面に肩を入れて、ことさらおさんの魅力を力説したのがドナルド・キーくる」からです。

読者は、おさんを愛さずにはいられない。それは決して憐憫《れんびん》ではない。夫のある身でありながら道ならぬ恋におち、その罪を一身をもってつぐなおうとまで一途に思いつめるおさんに、羨望さえ感じるのである。

（『日本文学の歴史8　近世篇2』）

おさんについては、これまで、貞淑な人妻が命がけの不倫へ突き進む女の性《さが》の哀れさ・恐ろしさ、また女心のあさましさ・はかなさ・悲しさ、あるいは神仏をもおそれぬ大胆不敵さや盲目的な情熱の激しさ、高慢・無慈悲な悪女等々、それこそ多面的な批評がなされている。しかし、ドナルド・キーンはそれらを向こうにまわし、作家の技巧にからめて、さらにこういいます。

読者は、きまぐれなおさんをさげすみはしない。かえって逆に、彼女の人間らしさのゆえに、いっそう彼女を愛するに至るのだ。こうした効果は、西鶴とその作中人物の間に距離

がなければ、期待できぬものである。（同前）

他方、野間光辰《のまこうしん》はこの女性像の形成に着目して、次のように称《たた》えています。

従来近松に比べて、ただの小説書き、ストーリー・テラーに過ぎないと軽くみられてきた西鶴に肩入れしていえば、たとえばこの『好色五人女』のおさんのように、自分の意志で自分の運命を選んで、あえて破滅の道を進んでゆく、神も仏も信じない、そういう強く激しい自由な女性を創造した作者は、西鶴以前はもちろん、西鶴以後現代でも、めったにないのではないかと考えます。（「西鶴と近松」）

日本文学における新しい女性像の画期的な創造とするのですが、同時にこの見方を、のちにみるように、新しい愛のかたちの創造という点にも及ぼすことができるでしょう。

事件のあらまし

おさん・茂右衛門（実説では「茂兵衛」）の事件については、従来さまざまな言い伝えがありますが、雑誌『趣味』（明治四三〈一九一〇〉年三月）に載った春蘿生《しゅんらせい》の「おさん茂兵衛の事実に就いて」がもっとも信頼できるとされています。ときの京都町奉行の与力《よりき》（同心《どうしん》を指揮して上官の事務を分担・補佐した職）が書き留《と》めた密通者判例集（「密通者処罰判例書留」）によっているからです。いまその関連部分を抜き出すと、以下のとおりです（ふりがな・句読点を適宜付加する）。

烏丸通《からすまどおり》四条下《さが》ル町人経師《きょうじ》意俊《いしゅん》（他の書には皆意春とある）の女房さん、同家の手代茂兵衛、同じく下女たまの三人が申合せて、丹波国《たんばのくに》氷上《ひかみ》郡山田村といふ処へ立退いて居たのが捕へられて、天和三亥年八月九日に僉儀《せんぎ》の上、さん・たまは町預ケ、茂兵衛は手鎖《てぐさり》で、三人共に茂兵衛の兄七兵衛方へ御預ケになり、明十日罷《まかり》出る様申し渡された。即《すなわち》翌十日には、さん・茂兵衛は牢舎、たまは意俊へお預ケになる。同年九月二十二日、終《つい》に所刑となる事、次の通り。

磔《はりつけ》　意俊女房　さん
同　同人下人、さん密夫　茂兵衛

獄門　同人下女、密夫の肝煎《きもいり》　たま
　右町中引廻しの上、粟田口にて被《おこな》レ行《わる》二刑罪一
追放　本人茂兵衛の兄弟　利右衛門
同　同　武兵衛
同　同　七兵衛
同　宿仕候者《やどつかまつりそうろうもの》　仁兵衛
　右四人は丹波氷上郡並《ならびに》三小郡御追放
其《その》他半助、長兵衛といふ者も丹波国中並に京都追放、奉公人請人《うけにん》、治右衛門・九郎兵衛は本人を尋ね出した功に因《よ》り御構《おかまい》なく、縁者弥左衛門、茂兵衛世話人も同様の訳で宥《ゆる》された。

これにより、おさん・茂兵衛の密通事件は天和三（一六八三）年のことであり、仲立ちした下女のたまとともに丹波国山田村に潜伏していたのを捕らえられ、同年九月二十二日、京都市中引き回しのうえ、粟田口の刑場で処刑されたことが分かります。

この「暦屋物語」は、むろんフィクションですが、その結末に、「同じ道筋に引かれ、粟田

口の露草とはなりぬ。九月二十二日の曙の夢、さらさら最期いやしからず」として、ひょいと「事実」を織り込んでいます。また、『落葉集』(元禄一七〈一七〇四〉刊)の踊音頭《おどりおんど》「おさん茂兵衛」には、翌貞享元《じょうきょう》(一六八四)年の盂蘭盆《うらぼん》に両人の新精霊《あらしょうりょう》が来たとあることなどから、天和三年の密通・処刑事件はほとんど事実と思われます。

おさん・茂兵衛の生まれや年齢については、さきの「密通者処罰判例書留」はいっさい触れていません。そこで野間光辰『補刪西鶴年譜考證』(弘化二〈一八四五〉序)によると、次のとおりです。

> おさん出生は丹州柏原《かいばら》のものにて、拙家の下女なり。大経師□方へ嫁付《かたづき》、十九歳也。手代茂兵衛の出生は不聞《きかず》、二十五歳のよし。

おさん十九歳、茂兵衛は二十五歳。近松の『大経師昔暦』(正徳五〈一七一五〉初演)と同じです。この「暦屋物語」は茂右衛門(茂兵衛)の年齢を示しませんが、おさんの年立てじたいは『大経師昔暦』『西陣天狗筆記』のそれにぴったり合います。十九と二十五は、おおかた処刑時における両人の実年齢でしょう。

また、おさんを丹波・柏原の「拙家の下女」としていますが、家格の釣り合いを重視する当時の結婚の風習からいって、大経師家との縁組みなど、まずありえないでしょう。

大経師家は、町人ながら二百石の禄をもらって名字帯刀《みょうじたいとう》を許された、非常に格式の高い家柄でした。四、五十万部にも及ぶ全国の暦の発行権を持っていた、いわゆる門閥特権商人です。

『大経師昔暦』に、「禁中の御役をして侍《さぶらい》同前の大経師が家」とあるように、御所や徳川幕府あるいは諸大名家に出入りする経師屋の総元締めでした。西鶴はおさんの出どころを、裕福な町人の住む「室町のさる息女」としていますので、むしろこの方が大経師家と釣り合っています。

一方、茂兵衛の生まれについては、「判例書留」も『天狗筆記』もつぶさに述べませんが、駆け落ちして隠れ住んだという丹波の山田村がおそらく出身地で、彼らをかくまった茂兵衛の兄弟もその地の人ではないかと推測されます。

この事件はまた、瓦版《かわらばん》の歌祭文「大経師おさん茂兵衛」にうたわれて世間に広がりました。密通や駆け落ち・心中など事件の真相と称するものを、祭文語りの旅芸人が風俗を詠《よ》み込み、節をつけてうたい、売り歩いたのですが、その内容はあらまし以下のとおりです。

大経師以春《いしゅん》の江戸出張中のこと、おさんに恋慕する茂兵衛は恋文の取り次ぎを下女の玉にたのむ。玉は、「お使いの途中でこの手紙を拾いましたが、わたしは一字も読めません。何と書いてございますか」と、おさんに手渡す。「一夜《ひとよ》ばかりのお情け」を訴える恋文と分かったおさんが、玉を叱りつけると、「ご返事次第では、茂兵衛さんは今日明日中に首をくくって死ぬ覚悟です。男一人を助けるのは、それこそ功徳《くどく》と申すもの、どうか露のお情けを」とかき口説《くど》く。

おさんは情けにほだされ、今夜だけということにして身を許す。すると茂兵衛は、「積もる思いをはらした以上、出家して密通の罪を逃れたい」という。だが、おさんはそれを許さず、かえって乗り気になり、それから二百十日も密会を重ねるうちに妊娠。

いたたまれず、愛宕《あたご》参りに事よせて、玉も一緒に駆け落ちし、丹波に身を隠す。それが世間の噂になったので江戸へ知らせると、以春は急いで立ち帰り、諸方を捜索。三人はついに探し出されて、市中引き回しのうえ、粟田口で処刑され、哀れをとどめた。

この歌祭文は『五人女』より後に出たもののようですが、「暦屋物語」にかなり通じるところがあります。以春の留守中の出来事であること、玉（「暦屋物語」ではりん）が字を読めないこと、密会が庚申《こうしん》の夜であること、ことにおさんの劇変によって駆け落ちに至ること、などがそれです。

ちなみにこの事件は、お七やお夏の一件に劣らず、小説・歌舞伎・浄瑠璃など随分多くの後代文芸に取り上げられています。その一方、明治二十年代（一八八七～九六）の元禄復興期以来、「暦屋物語」は『大経師昔暦』との比較から、『五人女』のなかではもっとも多く論じられた作品です。ことに島村抱月《ほうげつ》は、明治二十八（一八九五）年の「西鶴の理想」以来、一貫して『五人女』に肩を入れ、わけてこの「暦屋物語」を「全西鶴の縮図」と称して、終生賞賛を惜しみませんでした。

そのわりには「暦屋物語」を現代に再生した作品は、なぜか意外に少ないのですが、とりあえず目ぼしいものだけを挙げておきましょう。

木川恵二郎（戯曲）『おさん茂兵衛破れ暦』帝国劇場　昭和三（一九二八）年九月
藤原審爾「おさん茂右衛門」『講談倶楽部』昭和二十七（一九五二）年新秋増刊号
藤原審爾「暦屋おさん」『小説新潮』昭和三十二年（一九五七）年六月
藤本義一「おさん淫奔」『小説宝石』昭和四十九（一九七四）年一月

北原亞以子『誘惑』新潮社　平成二十一（二〇〇九）年

「中段に見る暦屋物語」のあらすじ

題名の「中段」は、『五人女』全五巻の中段（巻三）と、大経師発行の京暦の中段とを掛けたものです。京暦は、上・中・下の三段に分かれていて、上段に日付けと干支《えと》、中段・下段に日々の吉凶と生活の指針が記してあります。その中段には十二直《ちょく》、すなわち建《たつ》・除《のぞく》・満《みつ》・平《たいら》・定《さだむ》・執《とる》・破《やぶる》・危《あやう》・成《なる》・収《おさむ》・開《ひらく》・閉《とず》といった十二の吉凶が表示され、これを「暦の中段」といいます（左面「京暦」参照）。すると、「おさむ」（「おさん」とも書く）がヒロインのおさんを、また「やぶる」「あやう」がこの物語の悲劇的な結末を暗に指していることが見えてくる。したがって、「中段に見る暦屋物語」は、内容を一言で要約し、かつ代弁しているのです。

さて、「判例書留」や『天狗筆記』あるいは歌祭文の伝える事件は、たんなる密通事件にすぎなかったようですが、西鶴は自由自在に想像力を駆使し、いわば事実よりも情緒を重んじて、まったく新しい物語を創造しています。まず、そのあらすじを見ておきましょう。

天和二（一六八二）年、世に浮き名を流した大経師の女房は京都・室町生まれ、当代きっての美人であった。

ある年、東山の藤の花ざかりのころ、都中に知られた遊び仲間の「男四天王」が四条の茶見世に居並び、花見帰りの女性の品定めをした。

まずは三十四、五歳の女。器量や身なりはもちろん、歩く姿も魅力的だが、召使いに何か物をいおうとして口を開いたとたん、下歯が一本抜けていたので、いっぺんに興がさめてしまった。次いでは十五、六歳の女。母親と墨衣を着た尼が付き添い、下男・下女が大勢お供をしている。一見娘のようだが、もうお歯黒をつけ、眉を剃り落としている。器量も身のこなしも良いが、もう一度見なおしたら、なんと片頬に打ち傷の痕《あと》があった。また二十一、二歳の女。着物も帯もはき物もみすぼらしいが、顔立ちは美しく、何ひとつ欠点がない。こっそり跡を付けさせると、誓願寺通り

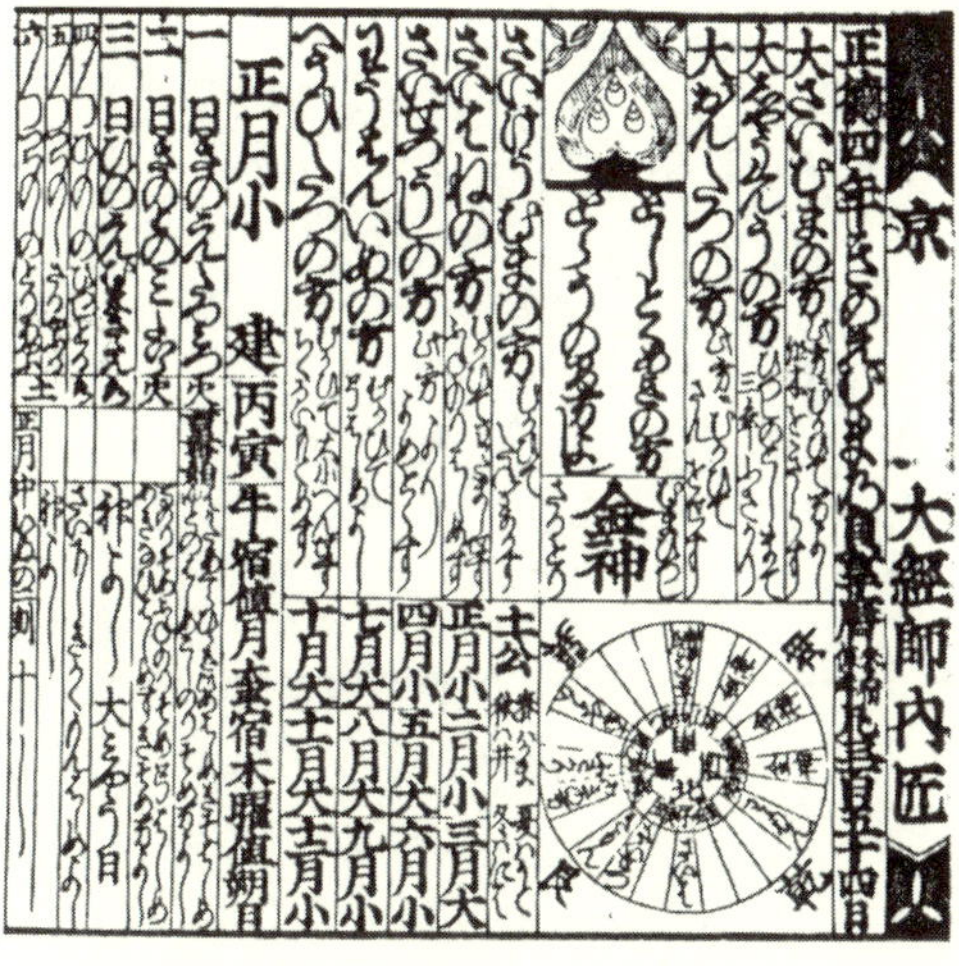

大経師発行の京暦（国立国会図書館蔵）

水茶屋前を通行する女たち。右面は、乗物と従者四人をしたがえたおさんの一行。左面は、比丘尼を連れた若妻の一行。

の場末で煙草の賃刻《ちんきざ》みをしている女であった。そのあとに二十七、八歳の女。まるで遊女のような派手な身なりだが、近づいてみると、三人の下女に一人ずつ、三人の子を抱かせていた。そして十三、四の娘。豪華な衣装に身を包み、藤の花房をかざしたその美しさといったら、いちいちいうまでもない。室町のさる方の令嬢で「今小町」と評判の娘。今日いちばんの美人はこれに決まったが、この女が浮気者であったとは、後になって思い当たったのである（第一章「姿の関守」）。

「大経師のなにがし」という男が、長年やもめ暮らしをしていて、とくに家柄・器量のすぐれた女を望んだので、なかなか気に入る相手がいなかった。困りはてたあげく、「今小町」と評判の娘を見に行ったところ、それがこの春、四条で品定めをした例の美少女だった。「これだ！」と恋い焦がれ、仲人を頼み、願いどおりに妻に迎えることができた。これがおさんである。

大経師は、ほかの女には目もくれず、おさんも主婦業を大事にして、かいがいしく立ち働く理想的な女房であった。夫婦仲もむつまじく、三年ほどは何事もなく過ぎた。しだいに家も栄え、こよなく喜んでいた矢先、大経師は江戸へ出張することになる。そこで留守を気づかって、

腰元のりんに灸をすえてもらう茂右衛門。りんの背後に立っているのがおさん。

おさんの実家を訪ね事情を話すと、親は、長年わが家で雇用している手代の茂右衛門を大経師に出向させることにした。この茂右衛門は無類の堅物《かたぶつ》で、夢にも金もうけのことばかり考えるような男であった。

茂右衛門は、冬に備えて灸《きゅう》をすえておこうと思い立ち、腰元のりんに頼む。その際りんは、過って火のついた艾《もぐさ》を背骨伝いに落としてしまい、どうにかもみ消す。このとき初めて男の肌をさすったばかりに、いつとなく思い焦がれ、やがてその噂がおさんの耳にも入るが、それでもやめられなくなる。

りんは字を書けないので、恋文もままならない。空しく月日が過ぎ、十月の初めごろ、おさんが江戸の夫に手紙を書くついでに、ほとんどいたずら気分で、りんの恋文を書いてやった。りんは喜び、折りを見て茂右衛門に手わたす。茂右衛門はおさんの筆とは知らずに、りんを小馬鹿にした返事をよこした。それに腹を立てたおさんは、「一杯くわしてやろう」と、たびたび書きくどいたところ、茂右衛門はしだいに心を動かされ、「五月十四日の影待ち（月の出を待って拝み、遊興する行事）の晩に逢おう」と約束してくる。女たちは皆笑いこけ、さらに茂右衛門をはめ込む策略をめぐらし、おさんがりんになり代わって、その寝床に入る。やって来たら、おさんの一声を合図に皆で駆けつけ、茂右衛門をこらしめるはずだった。だが、宵からの騒ぎに疲れて、皆うとうとと寝込んでしまう。

茂右衛門は気がせくままに、口もきかずに「よき事しすまして」、さし足で立ちのく。目がさめたおさんは、知らぬ間に肌身を許したことが恥ずかしくも恐ろしく、「よもや人に知れないはずはない。こうなったからには身を捨てて、命の限り浮き名を立ててやろう」と、茂右衛門に覚悟のほどを打ち明ける。茂右衛門にしては、とんだ人違いだったが、それからはおさんに打ち込んで毎夜忍び逢い、おっつけ生死の二筋道に身をまかせることになった（第二章「してやられた枕の夢」）。

おさんは茂右衛門を連れて、まず石山寺の開帳参りをする。

京からの追手におびえながら、この琵琶湖の景色は、またいつ見られるか分からないから、今日の思い出にと、勢田から手《た》ぐり船を借りて漕ぎ出す。夕暮れに白髭《しらひげ》の宮に着くと、おさんが「いっそこの湖に一緒に身なげして、あの世で長く夫婦の語らいをしよう」と持ちかける。だが、茂右衛門はそれを押しとどめ、つまりは身投げしたと見せかけて、どこかへ落ちのびようということになった。書き置きを残したうえ、潜水の得意な漁師を二人雇って、代わりに飛び込ませ、巧妙に落ちのびる。

琵琶湖めぐりの場景。船首に坐っているのが茂右衛門とおさん。
左上に瀬田の長橋、右上に石山寺が見える。

心中の噂は世間にぱっと広がり、正月の慰みの種となって、いつまでも消えなかった（第三章「人をはめたる湖」）。

茂右衛門がおさんの手を引いて、丹波への険しい山道を登りかけると、もはやおさんは息絶えだえとなる。すかさず茂右衛門が、「もう少し行けば知り合いの家があります。ゆっくり寝物語ができますよ」と元気づけ、やっと小さな村にたどり着く。途中、茶屋で休憩したが、そこの主人は小判が世にあることを知らなかった。それほどの山里である。

長らく音信不通だった柏原《かいばら》の叔母《おば》の家を訪ねると、さすがに親戚だけあって、なつかしく一夜を語り明かす。朝になって、おさんがいるのを不審がるので、やむなく「妹だ」と紹介すると、「是非息子の嫁に」とせつかれる。二人が困惑しているところへ、その息子が帰ってくる。「岩飛《いわとび》の是太郎《ぜたろう》」と呼ばれる乱暴者の猟師だが、都の女との縁談に喜び勇んで、すぐ祝言《しゅうげん》の準備にとりかかる。困りはてた茂右衛門は自害しようとする。それをおさんが押しとどめ、その夜はきげんよく祝言をすませた。やがて、是太郎の寝込んだすきにそこを立ちのき、奥丹波に身を隠す。

その後、日数を重ねて丹後路に入る。切戸《きれと》の文殊堂《もんじゅどう》に籠《こも》って、うとうととまどろんだ夜半に、

「出家すれば命だけは助かるであろう」との文殊菩薩のありがたいお告げがあった。ただちに、「私どもはこれが好きで、命にかえて不義をした仲」と反発したところで夢がさめる。二人は、いよいよ恋にのめり込んでいく（第四章「小判しらぬ休み茶屋」）。

大経師は、おさんを憎みながらも死んだことにして、僧を招いて亡き跡を弔った。

一方、茂右衛門は、闇夜には用心して外出しなかったが、いつしか世を忍ぶ身の上を忘れ、大胆にも変装して京へ上って行く。自分の影法師にも肝《きも》を冷やしながら、足はおのずと住みなれた旦那殿（おさんの実家）の町へと向かう。そっと店に近づき手代仲間の噂に聞き耳を立てると、はたして自分のことが話題にのぼっている。あげくに、「茂右衛門は今も死なずに、伊勢のあたりに、おさん様と一緒にいるということじゃ」という者があったので、身ぶるいして大急ぎで立ちのき、三条の旅籠《はたご》屋に泊り、風呂にも入らず寝てしまう。

翌日は、これで都も見おさめ、おさん様への土産話にもと、四条河原で芝居見物をする。人目をはばかり、おどおどしながら見ていると、舞台はちょうど人の娘と密通する場面。しかも、ふと前の方を見ると、おさんの夫がいる。たまげて地獄の上の一足飛び、冷や汗流して丹後の村へ逃げ帰った。

丹波越えの場景。右面はおさんを背負って山道を登る茂右衛門。
左面は、街道の茶屋前を通過する駄馬。(第四章の挿絵)

菊の節句も近づき、大経師の家には例年のように丹波の栗商人がやって来た。よもやま話のついでに、「ここの奥様にそっくりの人が、手代と一緒に丹後の切戸のあたりにおられましたよ」と、ふと洩らす。そこで大経師は、親類の者を大勢集めて、ついに二人を捕らえてくる。

取り調べの結果、仲立ちした玉という女も同罪として市中を引き回され、粟田口の刑場の露と消えた。ときに天和三年九月二十二日の曙、二人の最期にはさらさら見苦しいところがなく、世の語りぐさとなった（第五章「身の上の立聞《たちぎき》」）。


このあらすじを先の実説に照らしてみると、全五章の大部分が西鶴の自由な創作であることがよく分かる。ことに第一章の美人コンクールの趣向とおさんの登場場面、第二章におけるおさんの恋文の代筆と身替わりの趣向、第三章の琵琶湖めぐりと偽装心中、第四章の「小判しらぬ休み茶屋」や岩飛の是太郎のエピソード、そして第五章の茂右衛門の京上りのくだりなどは、すべてフィクションだったことがおのずと見えてきます。

しかし、それらが単なるフィクションにとどまらず、やがて意志もなき姦通《かんつう》（不倫）から駆け落ちに及ぶ二人の性格と心情をくっきり浮き上がらせているのは、さすがです。西鶴は持ち前の想像力によって、いわゆる第二の現実――もう一つの生の可能性としての物語――を、このようにつむぎ出したといえるでしょう。

恋女房 ── 大経師おさん

「暦屋物語」の愛のかたちを見るには、おさん・茂右衛門に先立って、まず大経師とおさん、次いでささいな挿話《エピソード》にすぎませんが、茂右衛門と腰元りんのそれにも目を配る必要があるでしょう。前者は結婚した男女のケースとして、また後者は、ついにかなわぬ片思いのケースとして、ともにおさん・茂右衛門とは好対照だからです。

さて、「大経師のなにがし」は、都で評判のプレイボーイとして、やにわに登場します。親ゆずりの財産があるのにまかせて、元日から大晦日まで、とびきり目立つ格好をして色事に興じている、いわゆる男達《おとこだて》です。彼は、たぶん妻を亡くしたか離婚したかで、長年やもめ暮らしをしていて、その淋しさからか、遊女や歌舞伎役者相手の色遊びにのめり込んでいる。そのあげくに、ある日突然おさんを見染める。物語はここから動きだします。

そして、結婚までのいきさつは、次のように語られる。

都なれや（さすがに都だけあって）、物好き（おしゃれ）の女もあるに、品形《しなかたち》（容姿）すぐれてよきを望めば、心に叶《かな》ひがたし。（折りから）侘《わ》びぬれば身を浮草《うきくさ》のゆかり尋ねて（「わびぬれば身をうき草の根を絶えて……」〈つらい思いで暮らしているうちに、わが身がすっかりいやになってしまいました。根のない浮き雲がただよい流れるように……〉と詠《よ》んだ小野小町の歌に自分を重ねて、その草のゆかりの）今小町といへる娘ゆかしく（知りたくて）見にまかりけるに、（それが）過ぎし春、四条に関するゑて見とがめし中にも（遊び仲間と茶見世に陣《じん》取って品評した女たちの中でも）、藤をかざして、覚束《おぼつか》なきさましたる人（なよなよと通った例の美女だったので）、「これぞ」とこがれて、なんのかのなしに、縁組を取急ぐこそをかしけれ。

その頃、下立売烏丸上《しもたちうりからすまあがる》ル町《まち》に、しやべりのなるとて〈〈口達者〉という仇名《あだな》の〉隠れもなき仲人嚊《なこうどがか》あり（有名な仲人専門の女があった）。（大経師は）これを深く頼み樽をこしらへ（この女によく頼み込み、結納《ゆいのう》の酒樽を用意して贈り）、願ひ首尾して（願いどおりに縁談がまとまり）、吉日をえらびて、おさんを迎へける。

では大経師に、たちまち「これだ！」と焦がれさせたおさんは、いったいどんな女性なのでしょうか。何より強調されるのが、その外見的魅力です。美人のほまれ高く、京中の男たちの心をときめかすおさん。詠《なが》める男たちの視線がとらえたその美貌は、例によって名所の美観に重ねて形容されます。

・姿は清水の初桜、いまだ咲きかかる風情（姿は、まるで清水寺の初桜がようやく咲きそめるころの初々《ういうい》しさ）

・祇園会《ぎおんえ》の月鉾、桂の眉をあらそひ（三日月の眉は、さながら祇園祭の月鉾とその美しさを競い）

・脣のうるはしさは高尾の木末、色の盛《さかり》（脣の美しさは、高尾の紅葉の梢の色の盛りのようだ）

この美貌をいっそう引き立てるのが、「仕出し衣裳の物好み」（すばらしいセンスのニューモード衣裳）です。まずはその外出すがたを見ましょう。

また、ゆたかに乗物つらせて（ゆったりと駕籠《かご》をかつがせて）、女いまだ十三か四か、髪梳《す》き流し（梳いたままま垂らして）、先をすこし折りもどし（折り返し）、紅《くれない》の絹のたたみて結び、前髪（は）、若衆《わかしゅ》のすなるやうに分けさせ（て）、金《きん》（紙の）元結《もとゆい》にて結はせ、五分櫛《ごぶぐし》の清らなる（きれいなのを）挿《さ》し掛け、まづは（その）うつくしさ、ひとつひとついふまでもなし。白繻子《しろじゅす》に墨形《すみがた》（流行の墨絵模様）の肌着、上は玉虫色の繻子《しゅす》に、孔雀の切付《きりつけ》（アップリケが）見え透《す》くやうに、その上に唐糸の（中国渡来の絹糸で作った）網を掛け（てあって）、さてもたくみし（こりにこった趣向の）小袖に、十二色の畳帯《たたみおび》（芯を入れない帯をしめ）、素足に紙緒《かみお》の履物《はきもの》（草履をはいている）、浮世笠跡より持たせて（流行の笠を供の者に持たせて、自分は）藤の八房《やつぶさ》つらなりしをかざし（藤の花の長い房をかざして、その様子は）、（まだ）見ぬ人のためといはぬばかりの風儀《ふうぎ》（風情《ふぜい》）

こういう美々《びび》しい外見的魅力を称《たた》えて、つまりは「当世女のただ中、広い京にもまたあるべからず」（これこそ現代女性の随一、広い京にもまたとない美人であった）とします。そのうえ、住まいは豊かな大町人の居並ぶ室町通りです。おさんは「室町のさる息女、今小町」と評判の箱入り娘でした。大経師が激しく恋い慕ったのは、そういう女《ひと》だったのです。

大経師はおさんを一方的に見染め、まさに「なんのかのなしに」、のめり込むようにして嫁に迎えました。おさんは、懇望《こんもう》されて大経師の愛妻となったのです。それだけに彼は、おさんを非常に大切にします。

花の夕《ゆうべ》、月の曙、この男、外《ほか》を詠《なが》めもやらずして、夫婦の語らひ深く、三年《みとせ》が程も重ねける［……］

「花の夕、月の曙」は、ふつうには「花の曙、月の夕」でしょう。あえてこのようにいうのは、暦屋だというのに春も秋も分からぬくらい、おさんに夢中なのだというわけです。ほかの女には、目もくれません。おさんはそれほど大切にされて、とても仲むつまじく、たちまち三年ほど経《た》ちました。その間、おさんは大家《たいけ》の主婦として、すぐれて実務的な能力を発揮します。

明暮《あけくれ》、世をわたる女の業《わざ》を大事に、手づからべんがら糸に気をつくし（自らべんがら縞の糸作りに精を出し）、末々の女に手紬《てつむぎ》を織らせて（下女たちには手織りの紬を織らせて）、わが男に見よげに（夫の身なりをよく整え）、始末を本《もと》とし、竈《かまど》も大くべさせず（倹約を第一として、竈の薪《たきぎ》も無駄にたかせず）、小遣帳を筆まめに改め（家計簿をきちんとつけ）、町人の家にありたきは、かやうの女ぞかし。

こうした実務能力は「女大学」や女訓書などで、いずれも女性のたしなみとして要求されたものです。ことに家業（暦屋）と家政を夫婦で分担する上層町家の妻として、おさんはまさに理想的でした。家族や使用人の生活を管理し、小まめに記録し、工夫を加え、たえず計画的に家計を取りしきる。そういう行動力を伴った主婦のことを、カキクケコ夫人といった人がおります。すなわち、カ（管理）・キ（記録）・ク（工夫）・ケ（計画性）・コ（行動力）を兼ね備えた賢夫人です。それは、サ（裁縫）・シ（舅《しゅうと》・姑《しゅうとめ》に仕える）・ス（炊事）・セ（洗濯）・ソ（掃除）夫人に対比させたものですが、その点おさんは、それこそ見事なカキクケコ夫人だったわけです。

とかく美人は容姿を鼻にかけてプライドが高いとか、周囲が何でもやってくれるから自発性・積極性に欠けるとかいわれます。また、西鶴の『万《よろず》の文反古《ふみほうぐ》』（巻五の二）には、「お上《かみ》さま」と人にいわれて、大黒柱にもたれかかり、目を細めて気どっている商家の主婦が見えますが、おさんにはそうした傾きは微塵《みじん》もありません。たしかに、夫の出張中に使用人の恋文の代筆をする、というような慎みのなさがあることは否めませんが、ともかくこうした人物造形じたい、事件後のおさんとの落差をいっそう際立たせることになります。

それはさておき、いまあえて愛のかたちに事寄せてみれば、いったい何がいえるでしょうか。まずは夫婦の関係性です。そもそも箱入り娘が、たった十六、七歳でこんな能力を身につけるのは容易なことではありません。おそらく脇目もふらぬ夫の愛情に応《こた》えて、おさんが進んで身につけたものでしょう。期待のまなざしが人を成長させる、いわゆるピグマリオン効果の現れかも知れません。要するに、この夫婦は、ここまでよく釣り合っていたのです。そのうえ「次第に栄えて、うれしさ限りもなかりし」。理想の恋女房を得て、大経師の新家庭はまさにいい事ずくめでした。

その点、『大経師昔暦』の以春《いしゅん》夫妻は、大違いです。以春は家業をおろそかにして、しかも大の色好み。事もあろうに、我が家の下女お玉の寝室に忍び込んでは、しつこく口説《くど》くのです。思いあぐねて、お玉はおさんに訴えます。すると、おさんはこういうのです。

男畜生《おとこちくしょう》とは連合《つれあい》以春殿。［……］あんまり女房を阿呆《あほう》にした踏みつけた仕方。涙がこぼれて腹が立つ。［……］内外《うちと》（家中）の者を見る前。［……］生恥《いきはじ》かかせて本望遂《ほんもうと》げたい。［……］昔の井筒の女とやらは嫉《ねた》みの焔《ほむら》に提《ひさげ》（金椀）の水が湯となつた。男への恨みに身が燃えて［……］

夫の浮気を懲《こ》らしめようと、玉の寝床に入れ替わって待ち、結果、思いがけない過ちを犯すことになったのです。

片思い――りんと茂右衛門

物語場面の変化は、新たに入って来た人物を意識するところからはじまります。江戸へ出張した大経師と入れ替わりに、手代の茂右衛門がおさんの実家から派遣されてきました。この茂右衛門はまったく実直至極で、流行もなんのその、ヘアスタイルや衣裳などいっこうに構わず、遊里も知らない。ましてや脇差《わきざし》の飾りに凝《こ》る趣味もない。寝るときも十露盤《そろばん》を枕にして、夢の中でも金もうけばかり考えるような男でした。

折りから秋の夜風がひどく身にしみるようになったので、茂右衛門は冬に備え、健康のために灸《きゅう》をすえようと思い立ちます。腰元のりんが手軽くすえるのが上手だというので、りんに頼みました。りんは自分の鏡台に蒲団《ふとん》を折り掛け、茂右衛門をそれに寄りかからせてすえはじめます。艾《もぐさ》がだんだん大きくなり、茂右衛門がいよいよ熱がってもがくと、火のついた艾が背骨伝いにすべり落ちます。身の皮が縮みあがり、苦しくてたまりません。が、好意ですえてくれたりんの迷惑を思いやって目をふさぎ、歯をくいしばって熱いのを我慢する。りんは気の毒がって、一生懸命にもみ消しましたが、このとき初めて男の肌をさすってから、いつとなく

「いとしや」とひたすら思い込み、人知れず恋に悩むようになります。のちには奉公人仲間の評判になって、主人のおさんの耳にも入るのですが、それでもりんは茂右衛門への思慕の情を抑えきれません。

りんの恋のきっかけは、まさしくふとした偶然、思いがけない皮膚接触からでした。これはいわば職場恋愛ですが、会う回数が増すにつれて好きになる、つまり単純接触効果はうかがえません。灸をすえる場面には、いくらか養護的態度は見えますが、べつだんそこに親密さがあるわけでもない。男の肌に初めて触れた瞬間、電流が体内をつらぬき、恋の回路にスイッチが入ったのです。りんはさらに関係を深めようとして、おさん様に代筆してもらった恋文を、手ずから渡したりもしています。

すると茂右衛門はその文面に感じて、りんがいとしくなります。はじめ小馬鹿にしたことがくやしくなって、それなり心をこめて逢い引きの約束をしてきたのです。（一杯食わしてやろうとしたおさんが、自ら罠《わな》にはまったのは、このあとでした）。

偶然で官能的なりんの恋のはじまりは、手を握り合った、あのお七・吉三郎の恋はじめを想い起こさせます。いずれも印象鮮烈な名場面です。しかし、こちらはついに「互いの思い」とはならず、まさにそれだけで終わった恋でした。けれども、その余韻は妙になまなましく、特異なる恋のかたちとしても、あらためて特筆に値するところです。

不義密通——おさん・茂右衛門

おさん・茂右衛門の密通は、望んでしたのでもなく、むろん自ら決意したのでもない、いわゆる物のまぎれの出来事でした。しかし、そのあとは違います。劇変したおさんは主体的に決意して、その覚悟を茂右衛門に打ち明けるのです。

「よもやこの事、人に知れざる事あらじ。この上は身を捨て、命かぎりに名を立て、茂右衛門と死出の旅路の道づれ（になろう）」と、（この恋を）なほ止《や》めがたく（やむにやめられず）、心底《しんてい》（覚悟を）申し聞かせければ、茂右衛門、思ひの外《ほか》なる思はく違ひ（思いもかけず予想がはずれて）、（りんという）乗りかかつたる馬はあれど、君（おさん様）を思へば夜毎《よごと》に通ひ、人の咎《とが》めもかへりみず、外《ほか》なる事に身をやつしける（道をはずれた事に身を持ちくずした）。

こうなったからには、見つかるまで夜な夜な通いつめ、死ぬまで命を楽しもうと、開き直って密会をつづけます。まさに「生死《しょうじ》の二つ物掛《ものが》け（生きるか死ぬか、二つに一つの命の勝負）」を、ほとんど捨て鉢に、進んで選択したのです。田辺聖子はいいます。

こうなりゃモトモトや。いっそ命の限り浮名を立てよう、と……すごい開き直りやね。このモトモトというのが、若い頃読んだときは、不可解だったのね。なんでそんなヘンなことを考えるんやろなあって。でも、これくらい人生すごして、いろんな人みてると、女の中に、そういう気持ちの動き、あるなって気がします。

（「おせいさん、お茶がはいりました」）

それはそうでしょうけど、一面、個人の心理につきすぎた主観的な見方だと思わないでもありません。そもそも姦通は、文字どおり「死出の旅路」のはじまり、男女とも死罪の運命が待ちうけていたからです。

新しい愛のかたち

背後の死の影におびえながら、恋の逃避行がはじまります。まず石山寺から琵琶湖を北上し、白髭《しらひげ》大明神に着いて、神に長寿を祈ります。もとからおさん主導の道行きでしたが、このあたりから二人は、その都度《つど》身の振り方を相談して決める仲となっていきます。新しい関係性の形成——さきの主人公らと同様、『五人女』における愛のかたちで何より目をひくところです。

おさんが切り出します。

A　「とかく世にながらへる程（生きていればいるほど）、つれなき事こそ増《まさ》れ（つらい事が増すばかり）、（いっそ）この湖に身を投げて、永く仏国《ほとけくに》の語らひ（極楽浄土に生まれ変わって蓮《はす》の台《うてな》の上で永く夫婦の語らいをしようね）」といひければ、

A′　茂右衛門も、「惜しからぬは命ながら、死んでの先は知らず（惜しい命じゃありませんが、死んでから先のことはどうなるか分かりません）。思ひつけたる事こそあれ（ちょっと思いついた事があります）。二人都への書置《かきおき》残し、入水《にゅうすい》せしといはせて、この所を立退《たちの》き、いかなる国里《くにさと》にも行きて（どこか遠い田舎へでも行って）、年月《としつき》を送らん」といへば、

B　おさん喜び、「我も宿を出しよりその心掛《こころがけ》あり（私も家を出たときから、そのつもりだった）」と、「金子《きんす》五百両、挟箱《はさみばこ》に入れ来《きた》りし」と語れば、

B′　「それこそ世を渡るたねなれ（それこそ暮らしの種です）。いよいよここをしのべ（いよ

いよここをこっそり落ちのびましょう」と、

C　それぞれに筆を残し（二人はそれぞれ書き置きを残し）［……］

こうして二人はA—A′、B—B′という協議のうえCという一致点を見出し、同調行動を実現させる。それだけではありません。二人はさらに、それ以上の新しい関係を築いていきます。一方が窮地に立つと、一方がそれを助けて打開し、励まし合うという関係です。おさんにとって、夫との間にはほとんどなかった経験でしょう。

いよいよ「丹波越え」（駆け落ち）の身となって、けわしい山道にさしかかると、もうおさんは歩けなくなり、息も絶えだえ、顔色も変わってしまいます。茂右衛門は悲しく、岩にしたたるしずくを木の葉に受けて口に注ぐなど、いろいろ介抱しましたが、しだいに脈もか弱く、もはやこれまでという状態。そのときです。

薬にすべき物とてもなく、命の終るを待ち居る時、（茂右衛門が）耳近く（口を）寄せて、「今少し先へ行けば、知るべある里近し（知り合いの村も近うございます）。さもあらば（そこへ着いたら）、この憂き（つらさ）を忘れて、思ひのままに枕さだめて語らんものを（思う存分、寝物語ができますのに）」と嘆けば、この事おさん耳に通じ、「うれしや、命にかへての男ぢやもの」と、気を取りなほしける。

おさんの心に新たな光が灯り、「魂に恋慕《れんぼ》（の心が）入れかはり」、恋一筋に生きる気力を取りもどします。人は何か不安な状態にあるとき、あるいは生理的興奮状態にあるとき、恋愛感情が高められ、相手の性的魅力が感じられるという。逃亡につきまとう死の翳《かげ》、そして巨大な周囲の高い壁。エロス（性愛）と死は類縁関係にある、といったのはフロイトですが、追いつめられた極限状況がかえって熱愛の度をせり上げ、生への強い執着を助長したともいえるでしょう。

ところが、二人はさらに大きな苦境に立たされます。柏原《かいばら》の叔母の家にたどり着いたさい、茂右衛門がその場しのぎに、「これは妹で……持参金が二百両ある」といったばかりに、むりやり一子是太郎《ぜたろう》の嫁にさせられたのです。とんだなりゆきに、二人はどう対処したのか。

おさん悲しさ、茂右衛門迷惑、「かりそめの（うっかりした）事を申し出して、これぞ因果」と思ひ定め（こんな始末になったのも運のつきだと思うものの）、「この口惜しさ、またも憂き目に（ここでこんなつらい目にあうのだったら）、近江の海にて死ぬべき命を（死んだ方がましだった。それを）永らへしとても（生き永らえたところで、しょせん）、天、我をのがさず（天道は私を見逃しはしないのだ）」と脇差《わきざし》取りて立つを、おさん押しとどめて、「さりとは短し（どうしてそう短気なんです）、さまざま分別こそあれ（いろいろわたしに考えがある）、夜明けてここを立退《たちのく》べし、万事は我にまかせ給へ」と気をしづめて、その夜は心よく祝言《しゅうげん》の盃取りかはし、［……］

自害しようとする茂右衛門を、今度はおさんが落ち着かせる。さきの茂右衛門といい、このおさんといい、ときに励まし、ときに気を静めて苦境を打開しあう新しい関係性を築いています。おさんは茂右衛門によって有り、茂右衛門はおさんによって有る——生の相互依存性、すなわち仏教でいう「依他起性《えたきしょう》」の関係です。

さらに日数を重ねて丹後路に入り、切戸《きれと》の文殊堂《もんじゅどう》にお籠《こも》りして、夜半、うとうとすると、あらたかな夢のお告げがありました。「お前たちは世にまたとない不義密通をした以上、どこまで逃げてもその罰はのがれぬぞ。だが惜しいと思う黒髪を切って、二人が別々に暮らし、悪心を捨てて仏の道に入るなら、世間の人も命だけは助けてくれよう」、という文殊菩薩のありがたいお告げです（ちなみに『大師経昔暦』は、この方向で二人を救済しています）。

ところが、これに対するおさんの返答は、まったく途方もないものでした。

「末々（行く末）は何にならうとも、かまはしやるな。こちや（私どもは）これが好きにて、身に替ての脇心（命にかえての不義をしたんです）、文殊様は（師利《しり》〈＝尻〉菩薩）、衆道ばかりの御合点（ご承知で）、女道《にょどう》（女色）はかつて（まるで）知ろしめさるまじ（ご存知ないのです）」

夢からさめても、「吹けば飛ぶ塵のように、はかないこの世じゃもの……」と、なおなおこの恋をやめようとはしません。さきの「命にかへての男ぢやもの」を第一ステージとすれば、「身に替ての脇心」はその第二ステージ、さらに第三ステージの「どうせ塵の世ぢやもの」へと、愛欲のレベルをますますせり上げていきます。「末々は何にならうとも」――たとえこのさき地獄に堕ちようとも、今この恋に生きよう。背中に死を意識しつつ、あらん限り生きのびようとし、はげしく愛し合い、そしてもつれ合うようにして落ちていったのです。

愛欲の背丈が高まるにつれ、彼らの心の背丈もだんだん大きくなり、輝いてくるように見えます。それが、この物語の伝えようとする一つの観念だったのではないでしょうか。

第五章　おせん・長左衛門

――情けを入れし樽屋物語

おせんの恋

あはれなるおせんの恋に涙落ついまだ朽《く》ちざりし西鶴の筆
これやこの元禄の世の恋ならずおせんの恋はいまの世の恋
西鶴はいしくも書きぬはしけやし樽屋おせんはいまもなほ生く
恋に生き恋に死にぬと聴くからにおせんは恋し吾妹子《わぎもこ》のごと
好色のきはにあらねどわれはなほおせんのごとき女もとむる
浪華なる天満は古《ふ》りぬあはれなるおせんの恋も古りにけらしな
（『祇園双紙』）

吉井勇、三十一歳の作品です。おせんの恋物語が二百三十年経てなお、世人の心をつき動かしている、そう思わせるに十分な歌ではないでしょうか。吉井は、明治四十三（一九一〇）年の第一歌集『酒ほがひ』を手はじめに、短歌や歌物語・小説・戯曲・随筆・作詞あるいは現代語訳など、生涯の文業のほとんどすべてにわたって西鶴を取り込みつづけた歌人・作家です。西鶴に心酔して、わけて『五人女』には終生変わらぬ愛着を示していますが、戯曲「樽屋おせん」にあえて筆を染めていることからも、おせんの物語には、ことのほか肩入れしていたことが知られます。
いったい、おせんの恋のどこが魅力的なのか。何よりその「鮮烈な生き方」としたうえ、田辺聖子はこういいます。

忍び合いの現場をみつかって自害してしまう。不器用な意地の張り具合が、妙にせつなくいとしいの。（「おせいさん、お茶がはいりました」）

同じ場面を取りあげて、今なお心を打ちつづける理由を語ったのが岩橋邦枝です。

西鶴は、事件をまねくに到《いた》った一人の女の性格と心理へ、人間洞察眼《どうさつ》をそそいでいる。だからこそ、鎗鉋《やりがんな》を胸につき刺し覚悟の自殺をとげるおせんの悲劇が、古い時代の哀れな女ではなく、いつの世の人間ドラマにもある、女の哀切さで私たちに訴えてくるのだろう。（『「好色五人女」「堀川波鼓」を旅しよう』）

さらに岩橋は、その眼力に加え、ことに終章の手腕・構成の妙にも絶賛を惜しみません。

世間によくある近所づきあいの一場面からはじまって、いっきに悲劇の結末に向かう。西鶴の手腕に圧倒されるような思いで、私はこの密度の高い終章にとりわけ感服する。

（同）

作家としての切実な体験が、おのずといわせる感慨に違いありません。

樽屋おせんの事件

樽屋おせん事件の史実については、おさんの場合と違って、ほとんど分かりません。ただ、事件後すぐに瓦版の歌祭文が売られ、それを歌比丘尼たちが語り歩いて、当時の流行歌になっていたことは、貞享三（一六八六）年正月刊の小説『好色三代男』（巻三の七）から分かります。

当世のはやり歌、こよひ天満のはしばしきけば、なみだ樽やのなじみのと、小びくに（比丘尼）の鼻たれ尼［……］、ちと勧進《かんじん》といふ。

「こよひ天満の」以下の一節は、「樽屋おせん歌祭文」冒頭の次の詞章の変形であることは明らかです。

こよひ天満のはしはしきけば、天満の天満のはしはしきけば、天満の天満のはしはしきけば、涙樽屋のおせんのはなし。

『五人女』の出版は『好色三代男』刊行のひと月後のことですが、この物語の結末に、「その名、さまざまの作り歌に、遠国までも伝へける」とありますので、執筆時点ですでに、歌祭文その他の流行歌はかなり行きわたっていたようです。また、『五人女』と同じ月に出版された『好色伊勢物語』（巻二）や、翌月刊行の『好色訓蒙図彙《きんもうずい》』（中巻）にも樽屋おせんのことが出てきますから、小説類を通じても、事件は一両年の間に大きく広がります。やがて元禄年間（一六八八～一七〇四）に歌舞伎『樽屋おせんなのりせりふ』が上演されるに及んで、ますます知れわたったのです。

樽屋おせん歌祭文

「樽屋おせん歌祭文」は、他の歌祭文同様、多少ドラマチックな色あげはしているものの、「樽屋物語」よりは事実に近いと見られています。そして大半の庶民は、歌祭文の報道によって、事件のあらましを知ったに違いありません。いまほかに手がかりもありませんので、ひとまず歌祭文の筋を確かめておきましょう。

天満の樽屋忠兵衛と妻のおせんは、同じ主人に仕えた同僚同士。主人の世話で一緒になって仲むつまじく、五歳になる松之介という子があった。

ある夜、忠兵衛が念仏講に出かけて留守の間に、日ごろおせんに横恋慕《よこれんぼ》していた隣の麹屋《こうじや》長右衛門が、「たびたび手紙をやったのに、とんと返事がないのは何ごとか」と、そばににじり寄った。覚悟を決めたそのけんまくに、おせんはハッと思うが、とにかくなだめて帰そうとする。

ところが長右衛門は、脇に寝ていた松之介を膝に敷き、匕首《あいくち》を胸に突きつけ、「返事しだいでは、せがれをここで刺し殺す、どうじゃどうじゃ」と迫る。松之介は泣き出し、

「かかさま、何でもあの人のいうとおりにして、わしを助けて……、苦しや」と呻《うめ》く。おせんは、やむなく長右衛門に従うふりをして、奥の間に入った。そこへ忠兵衛が帰宅。長右衛門は丸はだかで逃げ出したが、ついに捕《つか》まり引き回されて、処刑。思いつめたおせんは、もはやいいわけもたつまいと、その場で自害して果てる。ときに、おせんは二十三歳であった。

これによると、おせんの夫の名を忠兵衛といい、二人はもと同じ職場の同僚であったこと、五歳になる男の子がいたこと、また麹屋の名を長右衛門（「樽屋物語」では長左衛門）といい、樽屋とは隣り同士であったこと、そして事件があったのは念仏講の晩であったこと、おせんの年齢が二十三歳であったこと、などがあらためて分かります。

もう一つの歌祭文「長右衛門よざかりおせん伊勢参宮」の内容は、おせん・長右衛門が示し合わせて、文字どおり伊勢参りを密《ひそ》かに楽しむというものです。天満を発ち、京橋を渡り、伏見から大津・土山を経て参宮をすませ、天満・伊勢町の家に帰るまで、全体が道行き文になっています。のちに見るように、伊勢参りそのものは「樽屋物語」と同じ趣向ですが、この歌祭文によると、二人の住所が天満の伊勢町（203頁、地図参照）であったこと、また二人が処刑されたのは野江（現 大阪市城東区野江）の刑場であったこと、などが新たに知られます。けれども、ここではおせんの人物像の大きな違いに、まず目を向けねばなりません。すなわち「樽屋おせん歌祭文」では、おせんはわが子松之介への愛にひかされて、やむなく長右衛門に屈した、いわば悲劇の母ですが、こちらは逆に「風流伊達女《だておんな》」です。

その点は芝居の『樽屋おせんなのりせりふ』も同様で、「ぢたひ（もともと）おせんな おせんな だてもの（伊達者）」と、小歌にもうたわれていたというのです。しかもおせんは、「いとしなじみの」長右衛門との密会に、夜ごと心をときめかせていた「いたづら者」とされている。もしこれが真相だとすれば、派手でおしゃれな浮気女が職人の夫にあきたらず、同じ町内の好き者との恋になりふりかまわず突き進んだことになります。

しかし、歌祭文や芝居では、この事件が

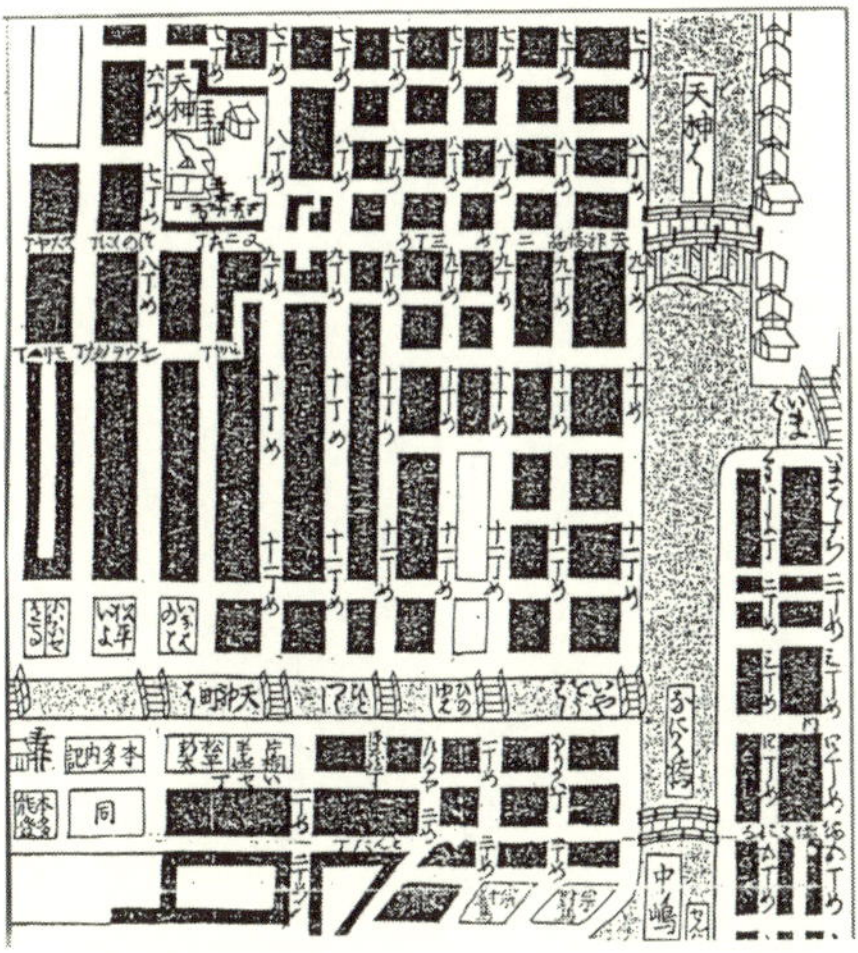

中央下辺に天満の「たるや」町と「いせ丁」。
(「新板大坂之図」より)

いったいいつ起きたのか、まったく分かりません。ただ一つ、この「樽屋物語」だけに「貞享二とせ正月二十二日夜」とあって、従来これが事実であろうといわれています。作者の地元で起きた、しかも記憶に新しい事件であること、またおさんの物語がそうであったように、作者はよく事件の日付けを、ひょいと書き込むことなどから、おおむねそれは事実と見てよいでしょう。

その一方、「樽屋物語」を書くにあたっては、「樽屋おせん歌祭文」をすぐさま利用したであろうことは、多くの特徴的な用語から容易にうかがえます。「水ももらさぬそのなか」や「合釘《あいくぎ》」「錐《きり》」「鋸《のこぎり》」「前鉋《まえがんな》」「泣輪《なきわ》」「こけら」「丸はだか」などがそれです。しかし、「樽屋物語」の内容は、歌祭文とはまるで違います。西鶴は、世間周知のホットな事件内容を向こうにまわして、それこそまったく新しくて、面白い物語を紡《つむ》ぎ出したのです。

後代の樽屋おせん物

樽屋おせん物の小説・演劇類は、元禄の『樽屋おせんなのりせりふ』の後には、なぜかほとんど見られず、近代になってにわかに甦《よみが》えります。おせん物語の現代的な意味を考えるには見逃せない現象です。例によって、ひとまずその目ぼしいものだけを挙げておきましょう。すべて西鶴「樽屋物語」を下敷きにしたものです。

吉井勇（戯曲）「樽屋おせん」『三田文学』大正三（一九一四）年十一月
岡田八千代「樽屋おせん」『苦楽』大正十三（一九二四）年三月
武田麟太郎「樽屋おせん」『経済往来』昭和八（一九三三）年十月
真山青果「樽屋おせん（前篇）」『文芸春秋』昭和九（一九三四）年九月
同（後篇）「西鶴五人女」『現代』昭和十四（一九三九）年六月
藤原審爾「樽屋おせん」『小説新潮』昭和三十二（一九五七）年七〜八月
藤本義一「おせん欲情」『小説宝石』昭和四十八（一九七三）年十一月
榎本滋民脚色・演出『樽屋おせん』芸術座　昭和五十五（一九八〇）年九月四日〜十月二十八日
吉田喜重脚色・戌井市郎演出『樽屋おせん』三越劇場　昭和五十五年十月

「情けを入れし樽屋物語」のあらすじ

大坂の場末、天満に粗末な家を借り、樽・桶作りを家業として、ささやかな暮らしを立てて

井戸替えの場景。桶の縁に手をかけているのが樽屋。その手前、綿帽子をかぶっているのが「こさん」。地面にいもりが見える。

いる男があった。女房のおせんは同じ土地の農家の出だが、それにしてはあか抜けのした器量よしであった。

おせんは十四歳の大晦日に、親が年貢《ねんぐ》を納めきれなくて、裕福な町屋へ腰元奉公に出た。生まれつき賢くて気がきくので、主人にも同僚にも気に入られ、「この家におせんという女がいなくては」とまでいわれるようになった。ところが、この女は恋の道にはとんと暗く、いっさい男を寄せ付けなかった。

秋のはじめの七夕の日、おせんの主家では恒例の井戸替え（清掃作業）があった。ときに、井戸の底にある桶のたがが外れていたので、あの樽屋を呼んで修理させた。折りから老女のこさんが、汲み上げたばかりの井戸水をせき止めて、何やら虫をもてあそんでいる。樽屋が、「それは何だい」と訊《き》くと、「これはいもりというものじゃ、これを竹筒に入れて黒焼きにし、恋しい人の黒髪にふりかければ、向こうから惚れ込むようになるんじゃ」と、まことしやかに話した。すると、樽屋がいもりの黒焼きばかりをしつこく尋ねるので、こさんもかわいそうな気がして、「誰にもいわないよ。お前さんの恋しい人はどんな人じゃ」と訊く。「この家の腰元おせんさんだ。百通も手紙をやったのに、一度も返事がない」と樽屋が打ち明ける。そこでこさんは、「それならいもりもいりませんよ。わしが橋渡しをして、まもなく思いを叶えてあげよう」と請け合った（第一章「恋に泣き輪の井戸替え」）。

盆踊りのざわめきも止《や》んだ七月二十八日の夜ふけ、例のこさんが、おせんの主家の戸をはげしく開けて、台所の板の間をころげまわり、「やれ恐ろしや」と気を失った様子。正気づけて訊くと、「踊り見物の帰りに、お宅の門の近くで、二十四、五の美男にとりつかれ、『恋にせめられ死にそうだ。薄情なおせんのせいだ。七日以内に一家を呪い殺してやる』といわれ、その男の顔つきが天狗そっくりだったので、恐くてお宅に駆け込んだんです」と訴える。皆驚くなかで、隠居の婆様は涙を流し、「人を恋いしのぶことも、世にないわけじゃない。おせんも年ごろだから、その男がしっかり者なら、嫁にやってもいいんだが、誰やら分からん。かわいそうな男じゃ」という。

こさんの仕かけは、恋の道を心得た、実に抜かりのないものだった。我が家に戻ったこさんは、さらに次の一手を練っているうちに夜が明ける。そこへおせんが裏道から見舞いに来たので、「そなたのおかげで、思いもよらず命を捨てることになった。どうか死んだら弔っておくれ」といって、形見の品を手わたす。それを本気にして、おせんは心を痛め、泣き出す。すかさずこさんは、長年鍛えた弁舌で、樽屋を見そめるよう仕向ける。のぼせたおせんは、「いつ

こさんの家の場景。朝方、おせんは寝込んでいるこさんを見舞った。

でもよい時に、そのお方に会わせてください」といい、まだ見ぬ男を慕い、空想を楽しむ。ここぞと、こさんは抜け参り（主家に無断で伊勢参りをすること。処罰はない）の約束を取りつけた（第二章「踊りはくずれ桶夜更けて化物」）。

約束の八月十一日、二人は抜け参りを決行する。夜明け前におせんが横町《よこまち》のこさんの家に旅行用の風呂敷包みを一つ投げ入れて戻ると、間もなく樽屋が門口の戸をたたいて、「先に行ってます」と声をかけていった。その後、おせんがやって来て、「お家の都合は、今ならいいです」というので、こさんは風呂敷包みを下げて一緒に裏道を抜け、「わしも伊勢まで見送ってあげよう」という。おせんはいやな顔をして、「その人に引き合わせたら、ともかく伏見から夜船で大坂へお帰りください」と、早くもこさんを撒《ま》いてしまおうとする。

気のせくままに京橋を渡りかかるとき、あいにく同僚（下男《げなん》）の久七に見つかってしまう。抜け参りと聞いて、おせんに下心のある久七は、「わしも参宮を心がけていたから、願ってもない道づれじゃ」という。こさんが「女の旅に男の道づれなんて……」と止めるのも聞かず、久七は早くもおせんを我が物にしたつもりでついて来る。

秋の日が西に傾くころ、一行は淀川堤で先に発っていた樽屋と落ち合う。こさんは目くばせ

仕

伊勢道中と参宮の場景。右面は、馬上の三宝荒神《さんぼうこうじん》に乗るおせんと樽屋（右）と久七（左）。こさんは杖を突いて歩いている。左面は、外宮に参拝する一行。

して不手際を知らせる。こうして樽屋の後や先になって行くとは、まったく思いがけないことだった。

　四人は、その日から同じ宿に泊り、樽屋と久七は互いに恋の邪魔をしながら、伊勢では外宮《げくう》だけにお参りして、そそくさと京都に帰り着く。久七が世話をしてくれた宿に着くと、樽屋は礼をいって別れを告げる。久七は我が物顔で、おせんとこさんにみやげ物を買ってやったりする。

　久七が烏丸《からすま》あたりの知り合いを訪ねて行った隙《すき》に、こさんがおせんを連れて、樽屋と示し合わせてあった仕出し弁当屋で落ち合わせ、そこでようやく二人は結ばれる。それから樽屋は、伏見からの乗り合い船で、一足先に大坂へ帰って行った。おせんとこさんは宿に戻ると、久七に向かって、急に大坂へ下るといい出す。不意をつかれて久七は、やむなく帰らざるをえなかった（第三章「京の水もらさぬ中忍びて合釘《あいくぎ》」）。

　主家に戻ったおせんと久七は、奥様にはげしく叱責され、あげくに久七は奉公人の出替り（入れ替え日）を待たずに暇を出される。久七はその後、大坂北浜の問屋に数年奉公し、問屋の接客婦をしていた女と結婚して、柳小路で鮨屋《すし》をして暮らし、いつの間にかおせんのことは忘

おせんの嫁入り支度の場景。鏡架けの前でおせんが眉を剃られている。奥には嫁入り道具類が見える。

れてしまった。

おせんは、いつもどおりに勤めていたが、樽屋のかりそめの情けが忘れられず、何ごともうわの空になり、なりふりもかまわなくなって、しだいにやつれていく。

そんなとき、主家では鶏の宵鳴《よいな》きや落雷など、不吉なことがあいついで起こる。誰いうともなく、「おせんを恋いこがれている男の執念のせいだ。その男は樽屋だ」という噂が立った。聞いた主人は例のこさんに相談し、またおせんにはいろいろ言い含めて承知させ、樽屋との縁組みの約束を取り結ぶ。

さいわい夫婦の相性がよく、運もよく、そのうえせっせと共稼ぎをしたので、人並に暮らすことができた。おせんは夢にもほかの男には目もくれず、二人の子が生まれても、なお夫のことは忘れず、ますます大切にした。

ところで、いったいに女は移り気なもので、人として恐れ慎むべきは、この色の道である（第四章「こけらは胸の焼付《たきつ》け新世帯《さらぜたい》」）。

さて、町内の麹屋長左衛門方では、亡父の五十回忌法要を営むことになり、おせんもふだん親しく出入りしていたので、手伝いに行った。女房はおせんの気の利《き》きそうなところをみて、

「あなたは納戸《なんど》にあるお菓子をお盆に盛りつけてください」と頼んだ。おせんが盛り合わせをしているとき、長左衛門は棚から入れ小鉢を下ろそうとして手元が狂い、彼女の頭に落としてしまう。たちまち髪の結い目がほどけて、長左衛門は詫びるが、おせんは意に介さず、ぐるぐる巻きにして台所へ出て行く。とたんに女房がそれを見とがめ、変に気を回して、「納戸の中で急にほどけたのは、いったいどういうわけ？」という。身に覚えのないおせんは、おだやかにありのままを話したが、女房はまるで納得せず、一日中そのことをいい募《つの》った。

迷惑ながら、おせんはそれを聞きすごしていたが、「思えば思うほど、何て憎たらしい根性なんだろう。どうせ濡《ぬ》れ衣《ぎぬ》を着せられたからには、いっそ長左衛門殿に情けをかけ、あんな女の鼻をあかしてやろう」と思いはじめるや、すっかり性根が変わってしまう。まもなく本当の恋となり、二人はこっそりいい交《か》わして、逢い引きの機会を待っていた。

貞享二（一六八五）年一月二十二日の夜、麹屋では大勢で「女正月」の福引き遊びをして、夜がふけるまで楽しんでいた。一方、樽屋は昼の仕事に疲れて、ぐっすり寝込んでいる。

おせんが家へ帰ろうとすると、長左衛門に「このあいだの約束を今度こそ」とつけ込まれ、今さら嫌とはいえず、内に引き入れた。とたんに樽屋が目をさまし、「見つけたからには逃がさんぞ！」とどなったので、長左衛門は寝間着を脱ぎすて、丸裸のまま命からがら逃げのびた。

麹屋五十年忌法事の場景。右面は、長左衛門がおせんの頭上に入れ子鉢を落としたところ。左面は、仏壇前の法事の様子。

おせんはその場で、「もうこれまで」と、商売道具の鑓鉋《やりがんな》で胸元を刺し通して死に果てた。その後、長左衛門は捕らえられて磔《はりつけ》になり、おせんも同じ刑場で死骸とともに恥をさらした。二人の浮き名はさまざまな流行歌に乗って、遠い国々まで伝えられた（第五章「木屑《きくず》の杉楊《すぎよう》枝《じ》一寸先は命」）。

「樽屋おせん歌祭文」がある程度事実を伝えているとすれば、この「樽屋物語」のほとんどは創作であることが分かります。第一章における主家の井戸替えとこさんの登場、樽屋の恋情告白、第二章におけるこさんの巧妙な仕かけ、第三章における四人の珍道中から樽屋とおせんの契りのくだり、第四章における結婚と家庭生活の様相、さらに姦通の動機と経過を描いた肝心の最終章ですら、歌祭文の筋とはまったく違います。西鶴は、人びとに刷り込まれた事件の通念を向こうにまわして、とびきり新奇な物語をあえて立ち上げたのです。

破乱の果てに実る恋 ―― おせんと樽屋

この物語は、おせんと三人の男との色恋沙汰から成りますが、終局のおせん・長左衛門のそれを見る前に、まずおせんと樽屋の恋の色模様を確かめねばなりません。二人の恋のかたち、そしてその夫婦愛を見れば見るほど、おせん・長左衛門の色恋との落差はいっそうきわ立つからです。その点は、久七とおせんの何とも珍妙な関係についても同様です。

樽屋とおせん――しがない職人と町屋の奉公娘との恋ですから、これまでのような比較的裕福な家庭の美男・美女の恋物語とは、いちじるしく様子が違います。

前段は、おせんが樽屋に思いをかけられ、なかだちの老婆の策略によって次第に心を寄せ、やがて伊勢参りの帰途《きと》に契りを結ぶまで――その劇《はげ》しい変わり目が見どころです。後段は、めでたく結婚して、二人の子の親となるまで――そのむつまじい夫婦仲がきわ立ちます。

そもそも二人はどんな人物なのでしょうか。あらためてその人となりを見ておきましょう。まずは樽屋です。

（人の世の）無常は我が手細工《てざいく》の棺桶に覚え、（その桶作りを）世を渡る業《わざ》とて、錐鋸《きりのこぎり》の（扱いも）せはしく、鉋屑《かんなくず》（をたく竈《かまど》）の煙（も）みじかく（細々と）、難波の芦の屋（粗末な家）を借りて、天満といふ所柄（樽屋町のある場末の天満に）住みなす男あり。

樽屋は、場末の粗末な家を借りて、桶作りに精を出し、鉋屑を燃やして炊事をするような、いたってしがない職人です。それで、かねて恋い焦がれるおせんへの橋渡しをこさんに頼むにしても、正直に、それこそ精一杯の謝礼で持ちかけます。

「時分がら（不景気）の世の中、金銀の入る事ならば（頼みたいと）思いながらなりがたし。（金が）あらば何か惜しかるべし（何で惜しみましょう）。正月に木綿着物《もめんきるもの》、（その）染めやうは好み次第（に）、盆に奈良晒《ならざらし》（奈良名産の麻布）の中位《ちゅうぐらい》なるを一つ、内証《ないしょう》（お礼）はこんな事で埒《らち》の明く（済む）やうに」

すかさず「菊の節句より前に逢わせてあげよう」と、こさんに自信満々にいわれて、ますます恋心をたきつけられ、「嚊様《かか》一代の茶の薪《き》は、我等のつづけまゐらすべし（私が送りつづけます）」といい出す始末。よくよくおせんに首ったけなのです。それなのに、依然せつない片思い、百通も手紙をやったのに梨の礫《つぶて》なんだと、涙ながらに訴えます。恋のきっかけは一向に分かりませんが、ともかくまっしぐらなのぼせようです。

では、これほど樽屋を夢中にさせたおせんは、いったいどんな女性なのか。

女も同じ（天満近郊の）片里（へんぴな農村）の者に（して）はすぐれて（器量よしで）、耳の（付け）根白く、足も土気《つちけ》はなれて（あか抜けている）、十四（の年）の大晦日《おおつごもり》に、親里《おやざと》の御年貢《おねんぐ》（の）三分《ぶ》一銀《ぎん》（田畑の総収入の三分の一を金で納める税制）にさしつまりて（せっぱつまって、その金を前借りするために）、棟《むね》高き町家《まちや》（裕福な商家）に腰元づかひして（腰元奉公に出されて）、月日を重ねしに、自然と才覚（利口）に生れつき、御隠居（様）への心遣ひ（気くばり）、奥様の気を取る（ご機嫌を上手に取る）事、それより（そればかりか）末《すえ》々《ずえ》の人（下男・下女ら下級奉公人）にまで悪《あ》しからず思はれ、その後《のち》は、内蔵《うちぐら》（金銀・貴重品を入れる蔵）の出し入れをもまかされ、「この家に、おせんといふ女なうては（いなくては）」と、諸人《しょにん》に思ひつかれしは、その身かしこきゆゑぞかし。

器量よしであか抜けしているばかりか、賢くて気くばり上手。何より主家の信望が厚く、ご隠居様・奥様から下男・下女にいたるまで、誰からも信用され、好意を持たれている、そういう女性です。

おせんはしかし、色恋の道には目もくれず、とんと無関心です。

一生（いつも）枕ひとつにて、あたら夜を（せっかくの夜を一人寝に）明かしぬ。かりそめにたはぶれ（ちょっとふざけて）、（男が）袖褄《そでづま》引くにも（気を引いても）、遠慮なく声高《こわだか》にして、（ために）その男（は）無首尾《ぶしゅび》を悲しみ（恥をかいて落ち込み）、後は、この女に物いふ人もなかりき。これを誹《そし》れど（悪くいう者もあったが）、人たる人（堅気《かたぎ》の家）の小女《こむすめ》はかくありたき物なり（このようにありたいものだ）。

外見的魅力に聡明さ、気ばたらき、人望を加え、しかも物堅い娘——町家の理想の奉公人。のぼせた樽屋が「百度の文《ももたび》」でくどいたのは、そんな女性でした。

しかし、こさんの秘術にかかると、おせんもたちまち劇的に変わります。いったい、どう変わったでしょうか。

「もしこの男を見捨てたら、わしの執念だって、あんたをただじゃおかないよ」。そう刺《さ》し込まれると、はやくもその男に惹《ひ》かれ、もやもやとのぼせて、「そんなら、いつでもよい時に、そのお方に会わせてください」といい出す。そのうえ、立てつづけに逢い引きの手順を切り出され、「ええ男前やでぇ」とそそられると、なんと、「ここを出た日は守口か枚方《ひらかた》に昼から泊まって、蒲団を借りて、はよ寝ましょ」というまでに劇変します。ともに、まだ見ぬさきから、気分はすでに「相愛《ラヴラヴ》」です。恋情のせり上がりにおいて、さらに見逃せないのが邪魔者・久七の存在にほかなりません。ままならぬ恋の道行き。だが、おせんの恋《エロス》の翼《つばさ》はしぼむどころか、かえって大きく羽ばたきます。これまでの恋人たちが皆そうであったように、妨害に遭《あ》えば遭うほど、むしろ熱愛度は増すのです。

その変形表現の一つが謀《たばか》りです。たとえば、思いがけなく四人部屋の泊りを余儀なくされると、久七を謀って空いびきをかく。かと思えば、聞こえよがしに、「ゆくゆく尼さんになるつもりです」などと、こさんに語りかけたりもします。

樽屋も負けじと、おせんに手出しする久七をいろいろ牽制《けんせい》し邪魔だてして、あげくにうまく出し抜いて、やっと密会にこぎつけたのです。

その後、おせんは樽屋の情けを忘れかね、放心状態になり、次第にやつれてゆきます。そこで、再びこさんの策略が見事に功を奏して、晴れて二人は結ばれたのです。

「相性よく、仕合わせよく」——夫婦愛のかたち

互いに恋い焦がれた二人の結婚生活は、さてどうだったでしょうか。

相性よく、仕合わせよく、夫は正直の頭《こうべ》をかたぶけ、(桶)細工をすれば、女はふしかね染の縞《しま》(五倍子《ふし》の粉と鉄漿《かね》を調合して作った黒色染料で染めて織った木綿縞の織り物)を織りならひ(内職して)、明暮《あけくれ》(二人で)かせぎける程に、盆前、大晦日《おおつごもり》にも内を出違ふ(借金取りを避けて外出する)ほどにもあらず、大方(人並)に世を渡りけるが、殊更《ことさら》、男を大事に掛け、雪の日、風の立つ時は飯注《めしつ》ぎ(飯櫃《めしびつ》)を包み置き、夏は枕(元)に扇をはなさず(あおいでやり)、留守には、宵から門口《かどぐち》をかため(しっかり締めて)、ゆめゆめ外の人には目をやらず、物を二ついへば(二言目《ふたこと》には)、「こちのお人、こちのお人(うちの人が、うちの人が)」とうれしがり、年月つもりて、よき中(睦まじい夫婦の仲)にふたりまで生れて、なほなほ男(夫)の事を忘れざりき。

まさに「稼《かせ》ぎ男に繰《く》り女」です。しかも、これほど仲睦まじい夫婦がほかにあるでしょうか(ちなみに、大経師・おさんも結婚して三年、それは仲の良い夫婦でしたが、二人には、まだ子どもがいませんでした)。そこで、世にいう睦まじい夫婦仲とはどういうものか。さしむき天和二(一六八二)年版『好色袖鑑《そでかがみ》』(下巻)の「睦まじき夫婦」に注目してみましょう。

夫はそとへいで、一日世上のつとめをなし、或《ある》は家業をつとめにいでぬれば、身もくづをれ（弱り）、雨にぬれ、風をしのぎ、くらう（苦労）して、家路にかへりても、妻なればこそ、さむきに食《めし》をあたためてこれをまち、あつきときはすずしくして、一日のつかれをたすくるなり。るすの間にも、事有《ある》ときは、夫にかはりて用事をととのへければ、夫家路に帰《かえり》ては、其《その》日のくらうをわすれ、身もやはらぎ、心もおさまりて、やすみけり。

樽屋には、そのうえ共稼ぎに精を出す、きわめて貞淑《ていしゅく》な妻がいます。それだけではありません。彼女は二人の子の母となっても、なおなお夫を大切にしている。いったいそれは、どういう意味をもつのでしょうか。

一般に、夫への愛情は出産や育児を境にして薄れることが多いといわれます。一例を挙げましょう。ベネッセ次世代育成研究所の調査によると、妊娠中は妻の七割が夫への愛情を実感しているのに、出産や育児を経験した一年後には四割に減少しているというのです。

文芸にも印象深い用例はいくらもあります。たとえば古川柳には、仕事帰りの夫を、こんな格好で迎える妻が出てくる。

そへ乳《ぢ》してたなにいわしが御座《ござ》りやす　（『俳風柳多留《はいふうやなぎだる》』十四編　安永七〈一七七八〉刊）

子どもも相手で忙しく、夫の世話もおぼつかないのです。それ以上に『色道大鏡《しきどうおおかがみ》』（延宝八〈一六八〇〉成立）は、妻は子どもができると、何かにつけ子の母であることを鼻にかけて、いかめしいなりをする、とまでいいます。さらに『賢女物語』（寛文九〈一六六九〉刊）によると、とりわけ夫婦の間は馴れやすいもので、はじめこそいろいろと礼儀を守るが、「後には夫をあなどり、かろ（軽）しむる事、よのつねのならひなり」ということになります。それは、なにも江戸時代の庶民にかぎりません。とうに『源氏物語』（若菜下）に、雲居《くもい》の雁《かり》が次から次へと生まれる子どもの世話にかまけていて、夫（夕霧）は何の面白みも感じなくなっている、というくだりがあります。千年来そうだとすれば、むしろそれがあたりまえともいえるでしょう。それなのにおせんは、前にもまして夫を大切にしている。容易なことではありません。

愛するということは、つぶさにいえば、相手に対する気くばりと理解、尊敬、責任だといったのはエーリッヒ・フロムですが、全体おせんの態度には、それらが融け合って色濃く立ち現れているように見えます。問題は、それほど大切な夫と二人の愛児をもつ理想的な主婦が、なぜ不義密通をおかしたのかということです。

いのちがけの恋 —— おせん・長左衛門

きっかけは、町内の麹屋の法事の手伝いに出たことでした。それまでのおせんと麹屋のかかわりはどうかといえば、さしあたって二つのことがいえます。一つは「日頃御懇《ねんごろ》なれば」、すなわち麹屋では原料を盛りつけたり、麹を保存するさい浅い木箱（麹蓋《ぶた》）を使うので、樽屋は日ごろからその注文をうけ、ごひいきにしてもらっていたようです。それで、「何かお手伝いすることでもございましたら……」と挨拶がてらに尋ねたものとみえます。次いで、おせんは前まえから「才覚らしく見えければ」、すなわち麹屋からもよく気の利く有能な主婦だと見込まれていたのです。これが二つめの関係性です。

そこで、納戸に置いてある菓子類を客の数に合わせてお盆に盛りつけるよう、たぶんその女房が頼んだのです。くり返しになりますが、そのとき長左衛門が過って入子鉢《いれこばち》をおせんの頭上に取り落とし、崩れたその髪を女房が見とがめ、変に気をまわします。

「そなたの髪は、今の先《さき》までうつくしくありしが、納戸にて俄《にわか》にとけしは、いかなる事ぞ（どういうことじゃ）」といはれし。

おせん、身に覚えなく、物しづかに、「旦那殿、棚より道具を取落し給ひ、かくはなりける（こんなになりました）」と、ありやうに（ありのままに）申せど、これをさらに合点せず（少しも納得せず）、「さては、昼も棚から入子鉢の落つる事もあるよ。いたづらなる（みだらな）七つ鉢め、枕せずにけはしく（せかせかと）寝れば、髪はほどくる物ぢや。よい年をして、親の弔《とむら》ひの（最）中にする事こそあれ（よくもそんなことをしたもんだ）」と、人の気つくして盛形刺身《もりかたさしみ》（人が苦心して盛りつけた刺身）を投げこぼし、酢《す》にあて粉《こ》にあて（何かにつけてあたりちらし）、一日この事いひ止まず、後は、（ほかの）人も聞耳《ききみみ》立てて、興覚《きょうさ》めぬ（しらけてしまった）。

おせんは、あらぬ疑いと、いわれのない嫉妬の標的にされ、よりによって近所の女房らの前で濡れ衣《ぎぬ》を着せられたのです。あの娘時代に見せた強い気性にスイッチを入れるのに、もう時間はいりません。たちまち意地と気骨《きこつ》が脳内にあふれて、それが恋の引き金となります。

おせん迷惑ながら（その当てこすりを一日中）聞き暮せしが、「思へば思へば、にくき心中

（何て憎らしい根性だ）、とても濡れたる袂《たもと》なれば（どうせ疑われて濡れ衣を着せられたからには）、この上は、是非に及ばず（言い訳しても仕方がない）。（いっそのこと）あの長左衛門殿に情《なさけ》をかけ、あんな女に鼻あかせん（出しぬいて、思い知らせてやろう）」と思ひそめしより（思いはじめてから）、格別の心ざし（これまでとはすっかり気持ちが変わって、長左衛門に格別好意を示すようになり）、程なく恋となり、しのびしのびに申し交《かわ》し、いつぞの首尾を（密会の機会をいつかいつかと）待ちける。

人はいったん意地になったら、どんな理屈も通じないといいます。「あんな女に鼻あかせん」、憎さも憎し、意地でも長左衛門殿を奪い取ってやる。姦通の罪がどんなに恐ろしいか、承知の上で一大決心をしたのです。他の男など目もくれなかった堅気の女房おせんが、そのせいでかえって思いつめたあげく、目のくらむような変心に及ぶ。事と次第によって、人は劇的に変わることが、ここでもクローズアップされるのです。

おせんの「恋」は、お七やお夏・おまんらとははっきり違って、外見的魅力や愛着などとはまるで無縁。偶然と誤解と意地のからまりから発したものでした。その点、偶然と軽はずみから発した、おさんの姦通とよく似ています。しかし、二人とも自ら決断し、直接相手に呼びかけ、約束を取りつけるという点では、娘たちといっこうに変わりません。そのことは、いよいよ密通に及ぶ正月二十二日夜の次の場面に明らかです。

(長左衛門は) おせんが帰るにつけこみ (家まで跡をつけてきて)、「ないない約束、今 (かねての約束を果たすのは、さあ今じゃ)」といはれて、嫌がならず (嫌とはいえず)、(家の) 内に引き入れ、跡にもさきにも、これが恋のはじめ (だったが)、下帯《したおび》 (ふんどし) 下紐《したひも》 (腰巻) ときもあへぬに (解くか解かぬうちに)、樽屋は目をあき、「あはは逃《の》《が》さぬ (アアッ、見つけた、逃がさんぞ)」と声をかくれば、(長左衛門は) 夜の衣《ころも》 (寝間着) をぬぎ捨て、丸裸にて、心玉飛ぶごとくに (びっくり仰天、飛ぶようにして)、はるかなる (はるか離れた谷町筋の) 藤の棚に紫のゆかりの人 (親類の者) ありければ、命からがらにて逃げのびける。

前まえから「しのびしのびに申し交し」てチャンスを待ち、そして「ないない約束、今」と迫られたのですから、他のヒロインらと同様、二人の間にはそれなりの相談と合意のあったことが分かります。おせんもまた、一個の人間として、主体的意志的に恋と破滅の人生を選んだのです。ただ、なにぶんにも、相手は五十の坂を越えた父親ほどの男です。ほかとはまったく違って、ぜんたい異様な恋の色もようであることは否《いな》めません。それがまた、ある種複雑な情調をかもし出しているゆえんでしょう。

この密通は、けっきょく未遂でしたが、おせんは逃げもせず、かねて覚悟していたとおり、ただちに槍鉋で胸もとを刺し通して死にます。あまりといえばあまりの潔《いさぎよ》さですが、この挙に及んだ一因は姦通罪です。当時は、理由のいかんを問わず死刑だったからです。

彼らもおさん・茂右衛門と同様、命がけの恋をし、つねに世間の眼と死の翳《かげ》におびえながら、まさに死ぬまで忍び逢いを重ねたのでした。

ゲーム型の恋 —— 久七とおせん

下男の久七と腰元おせんは、職場の同僚です。さきに見たように、おせんはいわば好感度ナンバーワンの奉公人でした。久七もおそらく惚れていたのでしょう。けれども、職場ではむろんくどけません。そんなとき、町なかで偶然鉢合わせしたのがもっけの幸い、ようやくチャンス到来です。

それは樽屋とおせんが、いよいよ抜け参りに発とうとする八月十一日の朝のことです。

（ちょうど京街道の起点）京橋を渡りかかる時、傍輩《ほうばい》の久七、今朝の御番替り《ごばんがわ》（大坂城の警備に当たる旗本大御番衆の交替時の行列）を見に罷《まか》りしが（見物に出かけていたが）、「これは（おせんさん）」と見付けられしは、是非もなき（どうしようもない）恋の邪魔なり。「それがしも、つねづね御参宮心懸けしに、願ふ所の（願ってもない）道づれ、荷物は我等（ぼくが）持つべし。幸ひ、遣《つか》ひ銀《ぎん》はありあはす（旅費は持ち合わせている）。不自由なる目は見せまじ（見せませんよ）」と親しく申すは、久七も、おせんに下心（悪だくみ）あるゆゑぞかし。

伊勢参り、ご一緒しましょう、旅費は出す、荷物も持つから……。親切ごかしの「下心」をさらに膨らませて、帰りには京都で四、五日ゆっくり気晴らしをしましょう、三条大橋の西詰めに小ぢんまりした貸し座敷を借りて……、お嬶《かか》さん（こさん）にも本願寺参りをさせますよと、もう久七は、おせんを手に入れたつもりです。じっさい京都の宿では、おせんとこさんに土産物を見つくろって買ってやったりもします。

しかし、しょせんは恋路の邪魔者、樽屋にまんまと出し抜かれ、おせんには体《てい》よく京都見物を断られて、せっかくの苦労も水の泡だったことが、やっと分かります。とたんに手のひらを反《かえ》したようになり、帰りの荷物持ちを頼まれても断るし、茶店の代金も割り勘にする。まさに現金な態度で、下心がおのずと透けて見えますが、それだけに面白く、やがて哀しい久七のたたずまいが鮮かに浮かびあがります。

下心といえば、すでに最初の宿屋から、それこそ滑稽なほどあらわに浮上していました。折りからこさんは、樽屋とおせんを何とか二人だけにさせようと気をもむのですが、そうと気づいた久七は、まず間《あい》の戸障子をはずして一間《ひとま》にしてしまいます。かと思うと、風呂に入りながら、首だけ出してのぞいたりする。そして、四人が枕を並べて寝る段になると、寝たまま手を伸ばし行灯《あんどん》の火を消そうとする。さらに、おせんが空鼾《そらいびき》をかきはじめるや、彼女のからだに右足をもたせかける、といった始末です。

それ以上におかしいのが、翌日の馬上でのざれごとです。逢坂山《おうさか》から大津行きの馬をやとい、おせんを三宝荒神《さんぼうこうじん》（212頁・挿絵参照）の中央に乗せ、樽屋と久七が両脇に乗ったのですが、久七はおせんの足の指先をこっそり握っては、その感触を楽しんでいます（もっとも、樽屋もおせんの脇腹に手をさし入れて、ともに人目もあらばこその振る舞いです）。

けっきょく久七は、三枚目の色敵《いろがたき》らしく失敗の憂《う》き目をみるのですが、その後日談はまた、なおさら久七らしくて、ひどく感興をそそられるところです。

主家へ帰り着くと、何の罪もないのに疑われ、言い訳は一つも聞き入れられず、そのまま暇を出されてしまいます。その後は北浜の問屋に奉公して、そこの接客婦と一緒になり、今では柳小路《やなぎしょうじ》で鮨屋をして暮らし、おせんのことはいつの間にか忘れてしまった、というのです。移り気といえばたしかに移り気ですが、それをいうなら、おせんもおさん・茂右衛門も、あらかた同じでしょう。

ここはむしろ、久七の遊び（ゲーム）型の恋に注目しなければなりません。下心から次々に繰り出す好意や親切、あるいは宿屋や馬上でのざれごとなどは、恋を一種のゲームと捉え、積極的に楽しもうとする態度の現れにも見えます。

『新明解国語辞典』（第五版）によると、愛とは「かけがえのないものとして、大事に扱う」ことであり、個人的な立場や利害にとらわれず、「そのものに尽くすことこそ生甲斐と考え、自分をその中に没入させる心」のことです。すでに見たように、お七・吉三郎やお夏・清十郎、おまん・源五兵衛、おさん・茂右衛門、そしておせんの夫に対する心情には、多かれ少なかれそういう傾きがありました。だが、しょせん久七には、親切心も献身の情も友情さえもほとんど見られない。むしろ利己的で計算高く、好き勝手で猥褻《わいせつ》ですらあります。

それはそれとして、久七の惨《みじ》めであわれで滑稽な成り行きには、下流の人生の苦い真実が色濃く立ち現れているように思えてなりません。

あとがき

物語の目的は、事実の真偽のレベルを越えた「大きな真実」の伝達にあるといわれます。ならば『五人女』の「大きな真実」とは、いったい何でしょうか。女の業《ごう》、女の心に潜む魔性、女の性《さが》の哀れさ・恐ろしさ、女の性根《しょうね》と肉体の不思議さ、愛欲の難しさ・すさまじさ、男性をリードする活火山的女性、女心のあさましさ・はかなさ等々、実に多様な見解が示されています。それらを否定するつもりはむろんありませんが、ひとわたり恋の有りようを見てきて、いま別の見方ができるように思います。

人間はいつでもどこでも、女は男を求め、男は女を求めてきた。それが自然の成り行きというもの、互いに心が通えば、親といえどもそれを禁止することは難しい——大江朝綱《あさつな》がすでに千年前に「男女婚姻賦《だんじょこんいんのふ》」で喝破《かっぱ》したことです。

彼《か》の情感の交《こもごも》通へば、父母と雖《いえど》も禁禦《きんぎょ》し難し。[……]苟《まこと》に陰（女）陽（男）の相感《あいかま》くる（通じる）こと、造化《ぞうか》（宇宙）の自然《じねん》なることを知りぬ。

それは、身分も階級も年齢も選びません。『五人女』は、まさしくそのことをけざやかに描いています。お七の母やお夏の兄嫁がいくら警戒しても恋は止められず、おまん・源五兵衛の親たちもまったくお手上げでした。

しかし、当時の「世間」はそれ自体を許しません。法律や道徳の高くて頑丈な壁を張りめぐらして、これに制裁を加え、排除しようとしたのです。それでも、人が人を好きになることは止められません。それどころか世間の思惑など物ともせず、まっしぐらに突き進む男女が立ち現れる。『五人女』は恋のためなりふりかまわず突っ走り、いのちを落とした男女を描いて、「あはれ」といいます。じかにそれを表したのが、お夏とお七の物語の結末です。

これぞ恋の新川、舟をつくりて、思ひを乗せて、泡《うたかた》のあはれなる世や。（巻二）

さてもさても、取集めたる恋や、あはれなり、無常なり、夢なり、現《うつつ》なり。（巻四）

「恋」は「あはれ」。いかにも泡のように消えた恋は「あはれ」そのものですが、ひいては人間存在のあわれさを思わせるに十分な柄行きではないでしょうか。

物語に描かれる恋は、それが道徳的に非難されるものであっても、「もののあはれ」を伝えるためなら、まったく差し支えない。むしろ世間的に困難な関係であればあるほど「もののあはれ」は立ちまさる——本居宣長の著名な「もののあはれ」論です。直接には『源氏物語』について述べたものですが、ほとんどそのまま『五人女』にも通うように思われます。

それ以上に、西鶴がくり返し描いたのは、変わりやすきは人心《ひとごころ》、わけても恋によって、人は劇的に変わるということです。それに、事と次第によって、人は何をしでかすか分からないということ、これも例示するまでもなく『五人女』の「大きな真実」と称してよいのではないでしょうか。

そしてもう一つ、これはもう蛇足ですが、かすかにもれてくる彼女らの魂のつぶやきに耳を澄ますと、ほぼそれはこんなふうに聞こえたのです。

どんな危険のなかに置かれても、わたしにはやっぱりわたしというものがある。

なおこの本は、ごらんのように『五人女』の「恋」に焦点を当てて、今なお私たちに訴えかけるものは何か、その魅力を私なりに考えたものです。けれども、自分自身と家族の思いがけない健康上の危機に直面し、とても思うようには書けませんでした。今は、少しでも読者の皆さんの鑑賞の足しになるよう願うほかありません。率直なご意見、ご批判をいただければ幸いです。

最後に、ちょうど入院中に本書執筆の機会を与えてくださり、また励ましていただいた新典社社長の岡元学実氏と、広い視野から鋭い指摘をされ、終始やわらかい表現を勧めてくださった編集部スタッフの方々に深く御礼申し上げます。

二〇〇九年九月

竹野　静雄

主要参考・引用文献

・本文の引用は、東明雅校注・訳『好色五人女』（『井原西鶴集　二』日本古典文学全集・三八　小学館　一九七一年）によった。ただし、現在の研究水準に照らして、一部翻刻を改める一方、反復記号の「〱」は用いず、仮名・漢字で表記した。また、引用文には通釈の便を考えて適宜語釈を施し、語句を補い、それらを（　）内に示した。
・振り仮名は、すべて現代仮名づかいにより、なるべく丁寧につけた。また、頻出する漢字の振り仮名は適宜省いた。
・引用文の省略箇所は、［……］の記号で示した。
・引用中の「傍点強調」は、著者の施したものである。

全般

○注釈書

・全集
堤精二校註「好色五人女」『西鶴集　上』日本古典文学大系・四七　岩波書店　一九五七年

東明雅校注・訳「好色五人女」『井原西鶴集　二』日本古典文学全集・三八　小学館　一九七一年

麻生磯次・冨士昭雄訳注「好色五人女」『好色五人女　好色一代女』対訳西鶴全集・三　明治書院　一九七四年

・単行本

金子武雄『西鶴全釈好色五人女』有信堂文庫　有信堂　一九五四年

暉峻康隆『好色五人女詳解』明治書院　一九五九年

前田金五郎『好色五人女全注釈』勉誠社　一九九二年

・文庫本

江本裕『好色五人女　全訳注』講談社学術文庫　講談社　一九八四年

谷脇理史訳注『新版　好色五人女』角川ソフィア文庫　角川学芸出版　二〇〇八年

・現代語訳

暉峻康隆訳注『現代語訳・西鶴　好色五人女』小学館ライブラリー・三八　小学館　一九九二年

○研究書

森山重雄「元禄女の行動様式―『好色五人女』」『西鶴の世界』講談社現代新書　講談社　一九六九年
重友毅「『好色五人女』の本質」『西鶴の研究』重友毅著作集・巻一巻　文理書院　一九七四年
暉峻康隆『好色物の世界　西鶴入門（下）』NHKブックス　日本放送出版協会　一九七九年
竹野静雄「『好色五人女』の性愛表現―その特異性についての試論」『江古田文学』五一号　二〇〇二年一一月
早川由実「「いたづら」な女たち―『好色五人女』第一章の役割―」『西鶴考究』おうふう　二〇〇八年
平林香織「好色五人女」『古典文学にみる　女性の生き方事典』西沢正史編　国書刊行会　二〇〇八年
○その他
中山あい子『江戸文学の女たち　恋舞台』鎌倉書房　一九七八年
岩橋邦枝『「好色五人女」「堀川波鼓」を旅しよう』古典を歩く・一〇　講談社文庫　講談社　一九七八年

松井豊『恋ごころの科学』セレクション社会心理学・一二　サイエンス社　一九九三年

まえがき

中村真一郎『日本古典にみる性と愛』新潮選書　新潮社　一九七五年
井上輝子「恋愛観と結婚観の系譜」『女性学とその周辺』勁草書房　一九八〇年
暉峻康隆『日本人の愛と性』岩波新書　岩波書店　一九八九年
本田和子「恋愛」『歴史学事典　第二巻　からだとくらし』弘文堂　一九九四年
工藤庸子「フランスの恋愛小説」毎日新聞　一九九五年七月三日
曽根ひろみ「密通」『事典家族』比較家族史学会編　弘文堂　一九九六年
佐伯順子「「恋愛」の前近代・近代・脱近代」『セクシュアリティの社会学』岩波講座現代社会学・一〇　岩波書店　一九九六年
ヨコタ村上孝之『性のプロトコル』新曜社　一九九七年
源淳子「近代に向かう日本近世のセクシュアリティ」『性幻想を語る』三一書房　一九九八年
小谷野敦『「恋愛」の超克』角川書店　二〇〇〇年

佐伯順子『「愛」と「性」の文化史』角川選書　角川学芸出版　二〇〇八年

第一章

「色物語」『仮名草子集〔男色物〕』朝倉治彦校訂・解説　古典文庫　一九五八年
「田夫物語」『仮名草子集・浮世草子集』岸得蔵校注・訳　日本古典文学全集・三七　小学館　一九七一年
「心友記」『心友記・好色破邪顕正』長友千代治編　和泉書院　一九八七年
「天和笑委集」『新燕石十種』第七巻　中央公論社　一九八二年
戸田茂睡『御当代記』塚本学校注　東洋文庫　平凡社　一九九八年
山本常朝『葉隠』奈良本辰也訳・編　角川文庫　角川書店　一九七三年
馬場文耕「近世江都著聞集」『燕石十種』第五巻　中央公論社　一九八〇年
伊東蘭洲「墨水消夏録」『燕石十種』第二巻　中央公論社　一九七九年
加藤曳尾庵「我衣」『燕石十種』第一巻　中央公論社　一九七九年
石上宣続「卯花園漫録」『新燕石十種』第五巻　一九八一年
柳亭種彦「還魂紙料」『日本随筆大成』第一期・第一二巻　吉川弘文館　一九七五年
山崎美成『海録　江戸考証百科』ゆまに書房　一九九九年

山崎美成「世事百談」『日本随筆大成』第一期・第一八巻　吉川弘文館　一九七六年
純真「八百屋於七墳墓記」国立国会図書館叢書料本・第二四所収
『増訂武江年表』国書刊行会　一九一二年
高野辰之編「新編歌祭文集」『日本歌謡集成』巻八　東京堂　一九六〇年
稲垣史生編『江戸編年事典』青蛙房　一九七三年
三田村鳶魚「芝居と史実」『三田村鳶魚全集』第一八巻　中央公論社　一九八六年
三田村鳶魚「八百屋お七」『三田村鳶魚全集』第二〇巻　中央公論社　一九八七年
石井良助『江戸の刑罰』中公新書　中央公論社　一九六四年
佐野美津男『日本の女たち』三一新書　三一書房　一九六四年
諏訪春雄『愛と死の伝承』角川選書　角川書店　一九六八年
藤沢衛彦「江戸時代の火刑の方法」『図説日本民俗学全集　四』高橋書店　一九七一年
高群逸枝「八百屋お七」『大日本女性人名辞書』新人物往来社　一九八〇年
堀口大学「夕の虹」『堀口大学全集』第一巻　小沢書店　一九八二年
氏家幹人『江戸藩邸物語』中公新書　中央公論社　一九八八年
瀧川政治郎「狂恋・八百屋お七の火刑」『元禄の美と粋』作品社　一九九一年

佐伯順子『美少年尽くし』平凡社　一九九二年
佐伯順子「御伽草子における男女関係」『女と男の時空〔日本女性史再考〕Ⅲ　女と男の乱―中世―』藤原書店　一九九六年
鈴木勝忠『江戸雑俳　上方娘の世界』三樹書房　一九九七年
氏家幹人『江戸の性風俗　笑いと情死のエロス』講談社現代新書　一九九八年
多田道太郎『変身放火論』講談社　一九九八年
広嶋進『『好色五人女』の一場面―寺若衆の恋」『西鶴新解　色恋と武道の世界』ぺりかん社　二〇〇九年
竹野静雄「西鶴・海音の遺産―八百屋お七物の展開―」『日本文学』三六一号　一九八三年七月

第二章

竹野静雄「八百屋お七物の輪郭」『国文学研究』八五集　一九八五年三月
竹野静雄「八百屋お七物の輪郭（続）」『芸文攷』一〇号　一九八五年六月
竹野静雄「八百屋お七の地方伝承」『芸能』一九八六年一月
竹野静雄「八百屋お七伝承―都市文芸を中心に―」『芸能文化史』五号　一九八六年八月

橘成季撰『古今著聞集』永積安明・島田勇雄校注　日本古典文学大系・八四　岩波書店　一九六九年
「玉滴隠見」『談海　玉滴隠見』内閣文庫所蔵史籍叢刊・第四四巻　汲古書院　一九八五年
「諸記視集記」『播陽大成万綱目』巻一四（野間光辰「西鶴註釈　姿姫路清十郎物語」『国文学　解釈と鑑賞』一九五五年二月）
福本勇次編『村翁夜話集』姫路市立城内図書館蔵
可徳作・定興評「清十郎ついぜん　やつこはいかい」『貞門俳諧集　一』古典俳文学大系・一　集英社　一九七〇年
松浦静山『甲子夜話』東洋文庫　平凡社　一九七七年
西沢一鳳「中興世話早見年代記」『伝奇作書後集』下巻（『新群書類従　第一　演劇』第一書房・復刻版　一九七六年）
松村操編『実事譚』兎屋誠刊　一八七二年
「松平大和守日記」『日本庶民文化史料集成』第一二巻　三一書房　一九七七年
「野郎大仏師」『歌舞伎評判記集成』第一巻　岩波書店　一九七二年
「田夫物語」（第一章既出）

「名女情比」『未刊仮名草子集と研究』第一巻　未刊国文資料刊行会　一九六〇年
藤本箕山『色道大鏡』(『新版　色道大鏡』新版色道大鏡刊行会編　八木書店　二〇〇六年)
井原西鶴「世間胸算用」『井原西鶴集　三』日本古典文学全集・四〇　小学館　一九七二年
如酔「好色わすれ花」『江戸時代文芸資料』第五巻　国書刊行会　一九一六年
「女重宝記」『女重宝記　男重宝記』長友千代治校註　現代教養文庫　社会思想社　一九九三年
柳沢淇園「ひとりね」『近世随想集』日本古典文学大系・九六　岩波書店　一九六五年
北村透谷『歌念仏』を読みて」『北村透谷選集』岩波文庫　岩波書店　一九七〇年
吉田幸一「元禄十四年但馬屋清十郎狂言」『西鶴研究』復刊第四集　一九五一年一〇月
諏訪春雄「五十年忌歌念仏の成立」『近世国文学─研究と資料』三省堂　一九六〇年
ルネ・ジラール『欲望の現象学』古田幸男訳　法政大学出版局　一九七一年
片桐洋一『小野小町跡追』笠間書院　一九七五年
向田邦子『隣りの女』文春文庫　文藝春秋　一九七八年
佐伯順子『遊女の文化史　ハレの女たち』中公新書　中央公論社　一九八七年
岡本隆雄「『好色五人女』論」『西鶴とその周辺』論集近世文学・三　勉誠社　一九九一年

フランチェスコ・アルベローニ『新版　恋愛論』大空幸子訳　新評論　一九九三年
ヘレン・E・フィッシャー『愛はなぜ終わるのか』吉田利子訳　草思社　一九九三年
立川健二『愛の言語学』夏目書房　一九九五年
今関敏子『〈色好み〉の系譜』世界思想社　一九九六年
佐伯順子「御伽草子における男女関係」（第一章既出）
ヨコタ村上孝之『性のプロトコル』（まえがき既出）
辻原登「タブー菌と恋愛小説」『熱い読書　冷たい読書』マガジンハウス　二〇〇一年
竹野静雄「歌謡の励起力—お夏清十郎物に即して—」『國學院雑誌』一九八七年六月
竹野静雄「お夏清十郎物の輪郭—近世期—」『芸能』一九八八年八月
竹野静雄「但馬屋お夏の造型—〈お夏清十郎〉の変遷（上）」『芸能』一九八九年一月
竹野静雄「清十郎の造型—〈お夏清十郎〉の変遷（下）」『芸能』一九八九年二月

第三章

源信『往生要集』上・下　石田瑞麿訳注　岩波文庫　岩波書店　一九九二年
アレッサンドロ・ヴァリニャーノ『日本巡察記』松田毅一ほか訳　東洋文庫　平凡社　一九七三年

『松平大和守日記』（第二章既出）
松尾芭蕉編「貝おほひ」『校本芭蕉全集』第七巻・俳論編　大内初夫校注　富士見書房　一九八九年
椋梨一雪「古今犬著聞集」『仮名草子集成』第三〇巻　朝倉治彦編　東京堂　二〇〇一年
西村市郎右衛門「好色三代男」『西村本小説全集　上』勉誠社　一九八五年
「淋敷座之慰」『近世歌謡集』笹野堅校註　日本古典全書　朝日新聞社　一九五六年
太田友悦編『それぞれ草』談林俳書集・三　天理図書館綿屋文庫俳書集成・一九　天理図書館出版部　一九九七年
井原西鶴「男色大鑑」『井原西鶴集　二』暉峻康隆校注・訳　日本古典文学全集・三九　小学館　一九七三年
大木扇徳編「落葉集」『日本歌謡集成』巻六・近世編　高野辰之編　東京堂　一九六〇年
近松門左衛門「源五兵衛おまん薩摩歌」『近松門左衛門集　一』森修・鳥越文蔵・長友千代治校注・訳　日本古典文学全集・四三　小学館　一九七二年
「江戸男色細見」『江戸岡場所細見集』水虎散人序　近世風俗研究会　一九七九年
大田南畝『一話一言　六』日本随筆大成・別巻　吉川弘文館　一九七九年

西沢一鳳『中興世話早見年代記』（第二章既出）
岩田準一『本朝男色考』岩田貞雄発行　一九七三年
岩田準一『男色文献書誌』岩田貞雄発行　一九七三年
姜在彦訳注『海游録――朝鮮通信使の日本紀行』東洋文庫　平凡社　一九七四年
中村真一郎『日本古典にみる性と愛』（まえがき　既出）
エンゲルベルト・ケンペル『江戸参府旅行日記』斎藤信訳　東洋文庫　平凡社　一九七七年
佐伯順子「男色の美学」『歴史を旅する』ＴＢＳブリタニカ　一九九二年
柴山肇『江戸男色考』悪所篇・若衆篇・色道篇（三冊）　批評社　一九九二～九三年
石田瑞麿『女犯　聖の性』筑摩書房　一九九五年
氏家幹人『武士道とエロス』講談社現代新書　講談社　一九九五年
小田亮『一語の辞典　性』三省堂　一九九六年
氏家幹人『江戸の性風俗　笑いと情死のエロス』講談社現代新書　講談社　一九九八年
デヴィッド・Ｍ・バス『女と男のだましあい――ヒトの性行動の進化――』狩野秀之訳　草思社　二〇〇〇年
白倉敬彦『江戸の男色』洋泉社新書ｙ　洋泉社　二〇〇五年

丹尾安典『男色の景色―いはねばこそあれ』新潮社　二〇〇八年

第四章

「女訓抄」『仮名草子集』大東急記念文庫善本叢刊　大東急記念文庫　一九七六年
『女大学集』石川松太郎編　東洋文庫　平凡社　一九七七年
井原西鶴「万の文反古」『井原西鶴集　三』谷脇理史校注・訳　日本古典文学全集・四〇　小学館　一九七二年
『落葉集』（第三章既出）
近松門左衛門「大経師昔暦」『近松門左衛門集　二』鳥越文蔵校注・訳　日本古典文学全集・四四　小学館　一九七五年
島村抱月「西鶴の理想」『早稲田文学』七九～八一号　一八九五年一月～二月
島村抱月「西鶴の縮図とも見るべき名文」『文章世界』一九一〇年一〇月
春羅生「おさん茂兵衛の事実に就いて」『趣味』一九一〇年三月
村田穆「西鶴と近松―文学論以前のこと―」『女子大国文』七号　一九五七年一〇月
野間光辰「西鶴と近松」『古典文学の心』朝日新聞社　一九七三年
諏訪春雄「大経師昔暦」『近松世話浄瑠璃の研究』笠間書院　一九七四年

小野晋「「中段に見る暦屋物語」について」『国語国文論集』五号　一九七五年二月
竹野静雄『近代文学と西鶴』新典社　一九八〇年
野間光辰『補刪西鶴年譜考證』中央公論社　一九八三年
田辺聖子「おせいさん、お茶がはいりました」毎日新聞　一九八五年五月三日
斎藤勇編『対人社会心理学重要研究集　2』誠信書房　一九八七年
ドナルド・キーン『日本文学の歴史8　近世篇2』徳岡孝夫訳　中央公論社　一九九五年

第五章

『源氏物語　四』若菜下　阿部秋生・秋山虔・今井源衛校注・訳　日本古典文学全集・一五　小学館　一九七四年
満女「賢女物語」『仮名草子集成』第二四巻　朝倉治彦編　東京堂　一九九九年
藤本箕山『色道大鏡』（第二章既出）
「好色袖鑑」『好色物草子集』吉田幸一編　近世文芸資料第一〇　古典文庫　一九六八年
西村市郎右衛門『好色三代男』（第三章既出）
西村市郎右衛門「好色伊勢物語」『西村本小説全集』下　勉誠社　一九八五年
無色軒三白居士「好色訓蒙図彙」『好色物草子集』近世文芸資料第一〇　古典文庫　一九四

八年
『誹風柳多留（二）』山澤英雄校訂　岩波文庫　岩波書店　一九九五年
吉井勇『祇園双紙』新潮社　一九一七年
野間光辰「西鶴註釈　情を入し樽屋物語」『国文学　解釈と鑑賞』一九五七年二月～一九五八年一一月
高野辰之編「新編歌祭文集」（第一章既出）
木村仙秀『好色五人女』巻二・追記」『西鶴輪講　二』青蛙房　一九六〇年
田辺聖子「おせいさん　お茶がはいりました・女の恋の物語」毎日新聞　一九八五年六月二七日
エーリッヒ・フロム『愛するということ』鈴木晶訳　紀伊国屋書店　一九九一年
斎藤広子「夫への愛　出産一年で低下」毎日新聞　二〇〇九年二月一六日

あとがき

大江朝綱「男女婚姻賦」『本朝文粋』小島憲之校注　日本古典文学大系・六九　岩波書店　一九六四年
高田祐彦『源氏物語の文学史』東京大学出版会　二〇〇三年

竹野　静雄（たけの　せいお）
1940 年　長野県に生まれる
1977 年　早稲田大学大学院文学研究科修士課程修了
専攻　日本近世・近代文学
現職　二松學舎大学大学院文学研究科教授
主著　『近代文学と西鶴』（1980年，新典社），『西鶴研究資料集成』全8巻監修・解説（1993～94年，クレス出版），「好色一代女」『新編西鶴全集 第1巻』校注・解題〔共著〕（2000年，勉誠出版），『西鶴研究』全4巻 解説（2002年，クレス出版），「西鶴織留」『新編西鶴全集 第4巻』校注・解題（2004年，勉誠出版），『西鶴輪講「懐硯」』校注・解説（2005年，クレス出版），「新編西鶴発句集」「一目玉鉾」「新吉原つねづね草」「難波の㒵は伊勢の白粉」「凱陣八嶋」ほか『新編西鶴全集 第5巻・下』校注・解題（2007年，勉誠出版），『藤井乙男著作集』全9巻 編集・解説（2007年，クレス出版）

江戸《えど》の恋《こい》の万華鏡《まんげきょう》
――『好色五人女』　　新典社選書 27

2009 年 10 月 29 日　初刷発行

著　者　竹 野　静 雄
発行者　岡 元　学 実

発行所　株式会社　新 典 社

〒101－0051　東京都千代田区神田神保町1－44－11
営業部　03－3233－8051　編集部　03－3233－8052
ＦＡＸ　03－3233－8053　振　替　00170－0－26932

印刷所 恵友印刷㈱　製本所 ㈲松村製本所

ISBN978-4-7879-6777-0 C0395
http://www.shintensha.co.jp/　E-Mail:info@shintensha.co.jp